Un Balcon sur le Tage

Roberto PEREIRA

Un Balcon sur le Tage

Édition : BoD – Books on Demand
12/14 rond-point des Champs-Élysées, 75008 Paris
Impression : Books on Demand GmbH, Norderstedt,
Allemagne
ISBN : 978-2-3221-9097-3
Dépôt légal : Novembre 2019

« *La richesse de la vie, ce sont les souvenirs, les magnifiques souvenirs, les terribles souvenirs.* »
James SALTER.

Aux absents de ma vie
A la mémoire d'Antonio

A L. pour son attention.

Prologue

Alberto, le personnage principal, donne une explication simple.

En vérité, le déclic d'écrire ce roman est intervenu pendant le séjour d'Alberto, à Esposende au cours du mois d'août 2014, après son échappée cycliste au mois de mai de la même année, sur la Costa Brava, en Espagne.

A partir de la période d'Août, il fut sensible à l'atmosphère, et aux sensations qu'il éprouva après plusieurs années d'absence dans le pays de naissance de son père.

Il avait envie de revoir davantage les paysages vers le sud du pays, et l'émotion l'enserra à la pensée de Lisbonne, « la sublime » déjà magnifiée aux yeux de son père dans le passé, porteur d'un message transmis alors qu'il était jeune adolescent.

Avec le désir, d'être aujourd'hui le témoin de la transformation de la capitale, où de plus en plus d'européens se précipitent, parmi eux, beaucoup de français, subjugués par la qualité de l'accueil des portugais vis-à-vis des hôtes étrangers.

Certains même décident de s'installer définitivement dans le pays, conquis par une sorte de sérénité retrouvée, outre le charme envoûtant des paysages.

Voilà, la confidence s'efface, et l'esprit prend son envol, emporté par le temps du voyage où la fiction tient sa place, mais où le cœur ne la quitte pas, en compagnie d'Alberto et des autres personnages venus s'insérer dans l'intrigue.

Comme un hymne à la vie, à l'amour, à la fuite du temps, et aux souvenirs qui veillent sur nous comme de fidèles sentinelles.

Esposende

Les mains posées à plat sur la table de la terrasse, réservée en général aux déjeuners d'été, Alberto parcourait du regard la nature épanouie qui l'environnait. Le bruit de la mer parvenait jusqu'à lui et l'odeur des embruns flirtait avec ses narines. Les habitants du hameau gardaient de la France un souvenir impérissable, leurs conditions de vie ayant trouvé un confort qu'ils n'avaient pas connu autrement. Depuis des décennies, l'argent gagné hors du pays, avait permis de construire pour la plupart la maison de leurs rêves, sur la terre qui les avait vu naître dans des conditions souvent difficiles. Un attachement éloigné de toute ingratitude, pensa t-il, le cœur ému. La vitre du véhicule baissée pour les remercier à son tour, Alberto, d'un « Bom Dia » (bonjour) enjoué, les voyait dans un échange souriant montrer leur satisfaction et retourner à leur loisir favori : jouer aux palets, l'occupation principale du dimanche après-midi entre amis du même lieu.

La maison qu'Alberto avait louée, construite sur les pentes du village d'Abeilheira permettait d'y accéder par une route étroite et sinueuse. Elle offrait aux visiteurs la vue sur les nouvelles constructions au style raffiné, aux couleurs de craie blanche, entourées de palmiers, et qui indiquaient le futur essor du village. Revendiquée par la mairie sur des panneaux publicitaires en lettres capitales, la promotion mettait en évidence les côtés attractifs autour des plans d'architecture et mentionnait les implantations de l'avenir appelées maisons « Marinhas ».

Alberto ne put qu'avec regret penser à la maison de sa grand-mère vendue dans des conditions litigieuses, lorsqu'il était trop jeune pour comprendre les accords illicites de famille et la complicité orchestrée par un notaire véreux.

Ce ne fut qu'à un âge avancé qu'il entreprit sa réflexion

sur un sujet délicat qui finit au fil des jours par devenir, presque obsessionnel, dans une quête de recherche, là aussi, de la vérité.

Au cours de notre vie, nous sommes parfois confrontés dans certains cas ou lors d'évènements imprévus, à une recherche où nous nous trouvons dans la vive attente de la vérité.

Et cette vérité, en définitive, ne nous échappe-t-elle pas dans toute sa néfaste splendeur ?

D'où ce choix d'aller en vacances à proximité de la localité où supposait-il, sa grand-mère possédait la maison tant enviée par certains.

Cinquante kilomètres séparaient l'endroit de villégiature où il résidait en vacances, du village où sa grand-mère passa toute sa vie dans l'hypothétique maison proche du cimetière qui dominait la vallée verte et le mystère tout entier.

L'endroit, présenté sur un catalogue de loisirs d'une société allemande, révélait surtout la station balnéaire d'Esposende, voisine de vingt kilomètres de la plus attrayante station de Povoa de Varzim, dont la situation géographique bordait l'océan Atlantique et les plages s'étalant vers le sud.

Le village d'Abeilheira, bâti en retrait de la mer, n'excluait pas son appartenance à la modernité, rien qu'à apercevoir le développement immobilier qui se rapprochait des villas implantées. Toutes, encadrées de palmiers qui jalonnent l'avenue, appartiennent à des propriétaires qui viennent l'été ou en week-end, pour la plupart de Braga.

Ils arrivent pour la saison d'été afin de profiter des loisirs de la plage et des libertés accordées aux corps allongés qui s'offrent sans retenue à la relaxation, et se donnent au soleil comme une femme en plein désir à l'homme qu'elle aime, se contorsionnant sur le sable fin dans une sorte de ballet érotique entre les alternances des bains de mer et des sports nautiques.

A l'écart, des pêcheurs à la ligne, debout ou assis sur la jetée du môle restent vigilants, la cigarette ou le mégot pendant aux lèvres, le regard fixe sur le flotteur au bout du filin de leur ligne. Tous essayent de déceler la moindre vibration dans le mouvement de clapotis des vagues, qui par chance signale le poisson pris au piège.

Ensuite, il s'agit avec une extrême dextérité et l'expérience, de remonter la prise en actionnant par gestes réguliers le moulinet.

En quelques secondes, la récompense du pêcheur devient visible à la vue du poisson se débattant avec énergie et qui résiste jusqu'au bout à l'emprise de l'homme.

Puis, répétant son geste pour la énième fois, il arme son hameçon avec de nouveaux appâts, et relance la ligne le plus loin possible, à l'endroit du courant, où les tourbillons de l'eau, causés par l'entrée de la mer dans le chenal, irriguent l'oeil de nouvelles victoires.

Un espoir corrélé à de nouvelles tentatives pendant des heures pour les pêcheurs, au succès aléatoire, dont ils sont tous conscients malgré leur flair aiguisé et confirmé de malicieux.

Quoiqu'il arrive, le plaisir et le passe-temps demeurent intacts, ils ont éprouvé une nouvelle fois le sentiment le plus cher à leurs yeux, la liberté, dont leur pays et ses habitants ont été longtemps privés.

Qu'ils soient retraités, chômeurs ou vacanciers, le temps s'écoule hors de toute pensée négative, propice à la détente, à l'idée que le monde tourne rond, que les turbulences des peuples sont ailleurs.

A l'écart du front de mer, en remontant vers Abeilheira, à l'entrée du secteur pavé, de chaque côté, se situent quelques commerces implantés, dont le restaurant « Belmar » réputé pour ses repas d'ouvriers, copieux à bas prix. La clientèle rassemble hormis les ouvriers qui travaillent sur les chantiers des environs, des commerciaux de passage, ainsi que des couples qui partagent un déjeuner hors de chez eux de temps à autre, avec l'objectif de soulager l'épouse.

Une pause du midi apprécié par les épouses modernes, les hommes s'étant inclinés devant la volonté des femmes, d'être de temps en temps au mérite pour l'énorme travail qu'elles assument au sein de la maison familiale.

Elles aiment l'ambiance populaire du restaurant, et la sympathie conviviale qui y règne autour de conversations animées, où le verbe des voix couvre souvent celui, qui rarement réservé, parle plus bas.

Face aux feux du carrefour, en remontant le secteur pavé, se dresse l'église du pays en pierre de taille, avec son clocher classique qui domine les toits concentrés des maisons aux tuiles rouges, et signale l'endroit du lieu de culte par le retentissement matin, midi, et soir, des cloches sonnant l'angélus.

En approchant de l'église, on devine de l'extérieur la beauté des vitraux et le talent artistique exprimé au travers du chemin de croix. En début d'après-midi, on aperçoit des femmes de tous âges, à l'allure pressée, les bras chargés de fleurs, sous forme de bouquets, d'arômes, de dahlias, de tournesols et d'agapanthes, pénétrant à l'intérieur de l'église par une petite porte sur le côté, à demi cachée par l'ombre des arbres, à cette heure où le soleil a tourné. Avec un dévouement sans faille, elles vont les déposer devant l'autel et la chapelle des saints qui encercle les allées de l'église, où siège parmi eux, le vénéré Saint-Antoine de Padoue.

A l'endroit où la pente se trouve la plus abrupte, les moulins rénovés aux façades blanchies à la chaux déploient leurs ailes qui tournent par intermittence, sous l'effet variable du vent venant de la mer à quelques encablures du village.

Au bout de la route sinueuse au pourcentage élevé, les premiers contreforts de la montagne apparaissent avec ses sapins enracinés au-dessus de la roche.

A quelques centaines de mètres de là, après les derniers lacets de la route enserrée entre les maisons, derrière le seul passage de la quatre voies Porto-Viana do Castelo, la route départementale traverse la partie boisée qui rejoint le village de Monté.

Dressé sur un plateau, il ressemble à la plupart des autres villages avec son église typique au centre du pays, côtoyant l'école communale, avec ses rues pavées aux nids de poule impressionnants qu'on aperçoit au dernier moment.

Ses maisons récentes et terrains entretenus sont souvent décorés avec goût par des personnages ou autres objets de faïence.

Ici s'exprime comme partout dans les différentes régions du Portugal l'instinct de propriété, la valeur d'un patrimoine reconnue dans la pierre qui fait l'unanimité au sein des familles.

Alberto, se lève un instant, et fait quelques pas sur la terrasse. Cette fois son regard se porte en direction de l'océan, dont l'odeur iodée de la mer vient une nouvelle fois chatouiller ses narines. Au loin, les vagues de l'atlantique enroulent leur mouvement régulier chargé d'écume, qui se répand le long du littoral sur une ligne symétrique, avant de s'échouer sur le sable et la partie visible des dunes.

A l'horizon, encore plus au nord-ouest, à quelques kilomètres de là, au terme de la ligne côtière, on devine la masse sombre des falaises et l'entrée du port de Viana do Castelo.

La vision des cargos ayant jeté l'ancre au large décrit leur immobilisme dans l'attente que soit hissé par le bureau de la capitainerie le signal, la couleur du drapeau qui annonce l'accès au quai de déchargement du port.

Au-delà de Viana do Castelo la frontière espagnole n'est plus loin. On entre dans la région de la Galice que borde à cet endroit de séparation géographique, l'océan atlantique.

Une voix interpelle, Alberto, par la fenêtre entrouverte de la cuisine et qui communique en accès direct avec la terrasse : « Tu es prêt ? J'ai fait ma liste pour les courses. »

Une voix de femme, qu'il apprend à aimer en laissant le temps le guider vers ses nouveaux sentiments, l'interpelle sans impatience.

« Parfait, j'arrive, dit Alberto. Nous descendons au village, tu veux aller à la supérette, ou au boucher sur la place ?

– Pour l'instant le boucher suffira, répond-elle, nous verrons plus tard au supermarché.

– Si nous allions ensuite prendre un café crème au bar du restaurant Belmar, qu'on nous a indiqué ?

– Pourquoi pas, ce n'est pas une mauvaise idée.

– J'ai envie de voir les menus, ne manger qu'un plat de morue et une bonne grillade par la suite, déclare Alberto.

– Si tu es d'accord, je veux bien goûter à la cuisine portugaise dont j'ai tout à apprendre.

– Dix à onze euros par personne, il n'y pas de quoi se priver », ajoute-t-il.

Il mit en marche sa voiture, et prit soin d'aller faire demi-tour en haut de la route en pente, où la manœuvre s'effectue dans des conditions de plus grande sécurité vu le pourcentage d'environ 12 à 14 %.

Par ailleurs, dans le pays, le peuple clame son opposition à la misère. Comme à Madrid en attente d'imminentes élections, les femmes veulent le changement par l'attribution d'un travail couplé à un salaire décent pour vivre. Les slogans des manifestants sur les banderoles affichent la nécessité d'un travail, d'un salaire à la hauteur des efforts demandés et effectués depuis des années dans le silence des tâches accomplies. Un salaire digne pour se nourrir, et se loger sans le secours salutaire et désemparé des parents, qui assument leurs responsabilités envers leurs propres enfants en proie au chaos social.

L'indépendance d'une vie à laquelle ils prétendent, qu'ils revendiquent, fustigeant le gaspillage financier et les erreurs politiques dont les responsables se ressemblent d'un régime à l'autre.

Alberto, se dit qu'un jour aussi, en France la jeunesse va réagir pour affirmer sa prétention et sa volonté contre les flagrantes inégalités.

Demain sera un autre jour, pour les autres comme pour Alberto. Il descendra vers le sud, et ira au contact de la capitale, là où peut-être une autre vie s'offrira à lui, et à celle qui partage désormais son aventure particulière.

Un changement de cap qui sème le trouble dans les pensées des personnes dont le système évolutif de l'esprit est resté absent.

Alberto, ou le chemin inverse qu'aura parcouru l'homme inoubliable de sa vie, dont la présence à ses cotés eut ressemblé à un double des personnages de Pessoa, les troublants hétéronymes du poète.

La marque d'un destin, soufflant quelque part dans l'inconscient l'acte à accomplir pour une tentative de paix intérieure.

Un trouble qui a cessé par intermittence et qui revient avec la force et la vitesse d'un boomerang.

La Ville aux Sept Collines

Lisbonne, tellement imaginée, retournée dans son esprit, de mille façons, à son gré, louangée, depuis son passage éclair d'une journée il y avait quelque trente années.

Des images fugaces demeurées dans sa mémoire, à l'écart des récentes vues, sur l'embellie de la capitale, où les européens se bousculent pour l'admirer, la toucher, la sentir, la parcourir en tous sens. Et même, pour certains s'y installer avec l'assurance d'un changement plus paisible, où ils pourront les soirs nostalgiques, en pensant à l'autre pays qu'ils ont quitté, rêver à la poursuite de l'autre vie à la vue du soleil couchant sur le Tage.

Subjugués par ses reflets dorés, qu'illumine votre regard dès la première apparition.

Une ampleur architecturale se dévoile avec l'évolution de sa culture, le brassage d'un peuple où la jeunesse s'est intégrée, fils, filles, autochtones, ou migrants, enfants de portugais revenus au pays. Parfois, de façon temporaire, mais dans l'espoir secret comme les parents dans le passé d'y revenir un jour, à temps plein pour poser les bagages au sein de la maison familiale. Et, irradiés de joie avec les cris qui s'entremêlent lors des repas traditionnels où la coutume veut, ne serait-ce que quelques instants, dissiper l'incontournable « Saudade » (mélancolie).

Oublier aussi, la période d'austérité actuelle, même si l'ancienne dictature d'avant 1974 demeure toujours dans le cœur des parents.

Lisbonne, telle qu'elle est apparue à Alberto, dans sa vision de néophyte, comme une femme splendide, sûre de sa beauté, dans l'attente de compliments pour qu'on lui susurre qu'elle sera toujours la plus belle.

Alberto ferma les yeux, inspira profondément et put à

pleins poumons respirer l'air de sa nouvelle destinée, en même temps qu'il éprouva un bonheur impalpable.

Une sorte de revanche qu'il dédia à celui qui lui avait lâché la main à peine adolescent, muré dans un silence pudique à cause de son hypersensibilité, et détruit par la maladie, dans un hôpital à la structure médiocre, au centre d'une ville de banlieue engloutie sous son ciel bas et gris par un linceul de tristesse. Une absence de vie, où les habitants derrière les fenêtres de pavillons mornes contenus dans leur indifférence regardaient par curiosité et étonnement le convoi funéraire qui passait, suivi par deux personnes, une mère et son enfant, à la démarche saccadée, dans la grisaille d'un jour d'hiver, effondrés par la douleur.

Des années lumières se sont écoulées et aujourd'hui, Alberto ouvre les yeux sur une Lisbonne colorée, éclatante de beauté sur chacun de ses édifices, accolés, où s'associe à merveille le bleu, le rose, le jaune, quel que soit le quartier visité. Son ciel bleu, translucide, qui amplifie son charme, quelque- soit l'endroit où les miradors sont édifiés pour vous faire découvrir la multiplicité des toits de la ville. La plongée sur son fleuve qui parait déjà être l'océan à votre portée, tant il est large et indissociable de Lisbonne.

Si proche du Tage par son regard admiratif, Alberto ressent au plus profond de lui-même la sensation d'être à l'abordage d'une mission en devinant en contrebas le quai de Sodré, et de tenir en son pouvoir une promesse intériorisée, latente au passé et faite à son père en secret.

Reste maintenant à découvrir à l'automne de sa propre vie, une approche de la vérité, une tentative de pénétration à l'intérieur des secrets de famille, conscient de la possibilité de l'échec face à la dissimulation des choses ensevelies du passé.

Combien de personnes ont échouées avec l'opiniâtreté

présente et à la fois nécessaire. Dans la situation évoquée, refaire le parcours d'un homme, même si d'emblée il s'agit de celui de votre père, cela suppose une enquête complexe sur le départ de celui qui aimait son pays. Peu d'éléments ont été révélés et soulignent la difficulté des investigations.

Quel évènement fit qu'il quittât de façon brutale l'endroit de sa naissance, où ses pérégrinations quotidiennes devaient le satisfaire, tant les agréments de la ville éclatent aux yeux d'Alberto, même dans une époque différente liée au mouvement de dictature qu'assignait Salazar.

Le secret d'Antonio résidait-il dans un conflit purement familial, ou bien dans l'approche contrariée d'une supposée histoire d'amour, dans laquelle la personne aimée ne correspondit pas à la classe sociale à laquelle il appartenait ?

Tout le mystère demeurait, mais Alberto se souvenait d'un détail qu'il n'avait jamais oublié : au dos du courrier envoyé par son père et qu'il conservait avec soin, figurait très souvent les lettres, « DE », allusion à la noblesse de la famille.

Alberto, l'ayant questionné avec timidité alors qu'il n'avait qu'une dizaine d'années, sa réponse fut immédiate en affirmant que cette particule utilisée lors de l'envoi de ses lettres correspondait au titre de sa famille, sans plus de détails apportés.

Alberto allait-il, sur le tard découvrir le secret bien gardé de son père, qui le tourmenta une partie de sa vie, ses bagages posés à Lisbonne. Son choix s'était fixé sur un immeuble à la façade bleue pastel, accolé à d'autres immeubles de couleur, jaune canari, rose, blanche, et à l'intérieur duquel, au deuxième étage, deux belles pièces s'ouvraient sur un balcon en fer forgé.

L'éclatante blancheur descendue des collines de Lisbonne inondait l'ensemble des toits de tuiles orangées du quartier de l'Alfama, à leur vue Alberto ressenti un coup de foudre immédiat.

Il s'assignait du temps, et certains soirs au déclin du soleil couchant, accoudé au balcon, face aux immeubles colorés de l'Alfama, avec une émotion non feinte, il écoutait la rumeur de la foule qui criait, s'amusait, buvait, attablée à l'extérieur des bars, et qui chantait au son du fado. De là, s'évaporait la « Saudade » qui montait des ruelles dans le ciel noir de la nuit légèrement étoilée, à laquelle se mêlaient quelques reflets du Tage, où les lumières des bateaux de croisière, amarrés au quai de Sodré, se prolongeaient vers celles du pont du 25 Avril.

Il rêvait à son père en souhaitant que de là-haut il puisse partager la même jubilation, le même désir de le suivre à son tour dans ses endroits préférés, où se faufila sa jeunesse et l'empreinte de ses pas, de ses rencontres, de ses arrêts, sur le chemin des rues fréquentées avec la même assiduité.

Pour Antonio l'amour peut-être, eut-été au rendez-vous, dans ces quartiers parcourus qui furent les siens, tant d'énigmes à découvrir pour Alberto, sachant que sa tentative comportait une part évidente d'utopie.

Psychologiquement, il en éprouvait le besoin, d'autant plus à son âge où la fuite du temps était un souci quotidien. Il ne pouvait exclure de sa pensée, l'idée d'approcher une certaine vérité, sans que celle-ci fût une preuve irréfutable.

Il quitta le balcon pour rentrer à l'intérieur de l'appartement et hésita à tirer le rideau derrière la porte-fenêtre pour profiter du scintillement des lumières sur les autres immeubles, et s'enivrer des cris de joie, de l'écho de la foule agglutinée et circulant dans les ruelles de l'Alfama, du son du fado dans toute sa langueur nostalgique qui se dispersait sur les toits. Au loin des spirales de fumée avec l'odeur de grillé montaient dans l'atmosphère surchauffée, des hommes et des femmes qui comme des passagers en découverte, déambulaient, se regroupaient, autour d'un verre, et occupaient les tables extérieures des bars au sein de la vie nocturne trépidante. Cette nuit-là, à une heure très tardive, après que les bruits de la rue se soient petit à petit évaporés, il finit par trouver le sommeil. Ses rêves le transportèrent sur des chemins inconnus et d'hypothétiques découvertes.

Mais n'était-il pas heureux de la part jouissive de l'expérience, à la fois conscient qu'à un moment donné l'absence de certitudes l'amènerait à la confrontation avec un dessein fictionnel, pour l'embellissement d'une vie qui fut loin de l'être ?

Celle d'Antonio qu'il s'était promis d'enjoliver, car le peu de révélations entendues sur le sujet de son départ en 1943 ne convenait pas à Alberto. Il avait toujours consenti à la facilité d'élaguer les choses et de ne pas aller au fond du problème tel qu'il s'était posé en réalité.

Ce matin-là, déjeunant face à la porte- fenêtre ouverte, sur une table qui lui servait de bureau, encombrée par deux dictionnaires et les feuilles de papier amoncelées du texte en cours, il sentit la chaleur pénétrer la pièce malgré que nous étions le début de la journée, et perçut déjà la clarté sur les immeubles colorés autour du sien. Buvant son café, tout en trempant sa tartine de pain beurre, il pensait aux aspects de la ville et l'assimilait à une mise en scène dans un lieu théâtral avec ses différences observées sur l'ensemble de ses quartiers qui constituaient la magie personnalisée des sept collines de Lisbonne.

Maintenant comme au théâtre, Alberto devait changer le décor. Des acteurs d'une autre époque allaient entrer en scène dans un contexte social, politique, et sans doute sentimental différent.

Et puis l'idée lui vint. Il allait pour cette histoire, peut-être peu banale, faire parler Antonio lui- même, avec l'espoir que dans cette simulation de personnage la vérité se rapproche des faits réels, tels qu'ils avaient existé, et tels que, jusqu'ici et depuis tant d'années, ils n'avaient eu qu'un souhait, dans un silence coupable, celui de rester à l'abri le plus longtemps possible.

Tentative dans l'imaginaire

Nous sommes à présent, au printemps de l'année 1942. Le mois d'avril entame ses premiers jours, célébrant le retour à la clarté et l'ensoleillement. La splendeur de Lisbonne réapparaît du haut de ses sept collines après un hiver doux et humide où la ville sombrait certains jours dans une grisaille inhabituelle, la privant de sa naturelle luminosité.

Même le Tage retrouve un autre éclat dans le mouvement de ses vagues, ses reflets dorés assimilés à une de mer de paille, qui s'étalent dans toute sa largeur avant de venir caresser sous forme de clapotis régulier le quai de Sodré.

Antonio, reste un long moment en observation, comme chaque jour où il approche d'un de ses endroits préférés de Lisbonne, et qui cerne la magie du fleuve et la lumière incomparable de la ville blanche dans le miroir de ses différents quartiers, aux attraits qui n'appartiennent qu'à chacun d'eux. Malgré l'attachement à sa ville, et à son pays, Antonio intériorisa des pensées, qui avec une progression presque involontaire dans son esprit, vont petit à petit faire leur chemin, le convaincre qu'une autre vie est sans doute possible ailleurs ; et l'ailleurs c'est l'Europe et pourquoi pas la France ?

Il n'a pas de relation amoureuse sérieuse à ce jour, sauf certains soirs de l'inexplicable « Saudade » dans les nuits de l'Alfama, la privilégiée à ses yeux, où l'odeur de parfum des jeunes femmes ouvertes à s'amuser, à danser et à boire, l'invitent à serrer la douceur de leur corps et au-delà dans la nuit avancée à explorer leur nudité pour assouvir un désir équitable, faire l'amour sans contre-partie.

Et puis, il désespère de s'entendre avec son père, fervent nationaliste, soutenant, comme jamais il ne l'a été, la cause salazariste, persuadé que la politique menée par le dictateur est la solution pour un Portugal fort et qui se doit de maîtriser les tentatives de corruptions de tout autre parti anarchiste prônant la parole du peuple.

A partir de cet instant, Antonio sait qu'il lui faudra du courage pour passer à l'acte, quitter le confort de l'habitation familiale dans le quartier du Chiado, l'aisance financière que lui alloue son père chaque mois, l'argent de poche que l'architecte conçoit à lui donner, alors qu'il végète par sa non assiduité aux cours de droit où il s'est inscrit sans grande conviction.

Pourtant, il aurait aimé dans son for intérieur devenir avocat.

L'embourgeoisement d'un fils de famille qui, dans un paradoxe surprenant, prend la défense des plus démunis. Le peuple portugais pour qui il a de l'estime à la vue de leur misère et de leur courage exemplaire, la résolution marquée sur leur visage qui accepte en silence l'implacable destinée, l'émeut.

Cette même émotion le gagne lorsqu'il pense à sa mère, Maria, à qui il va arracher des larmes, moments inconsolables, quand elle apprendra les intentions de son fils bien-aimé.

Tout à coup, une voix s'élève, dont la douce tonalité provenant du Terreiro do Paço (place du Commerce) venait d'une jeune femme à l'allure élégante qui se dirigeait avec un sourire conquérant vers Antonio, et qui de dos avec le bruit du Tage n'entend pas l'appel de la personne au visage rayonnant, heureuse et surprise de le voir dans, semble-t-il, sa méditation.

« Bonjour, Antonio, que fais-tu là à cette heure ?

– Silva !! Et toi ? Je te renvoie la question ?

– Moi ! J'étais au Martinho da Arcada, (Plus vieux café de Lisbonne sous les arcades de la place du Commerce) où j'ai rendez-vous chaque mardi.

– Tu m'as reconnu de loin, dit Antonio.
– La silhouette semblait te correspondre, dit Silva.
– Et qui voyais-tu au Martinho da Arcada ?
– Francisco, qui me parlait de son éditorial du jour.
– Tu vois toujours ce nationaliste, converti à la cause de Salazar ?
– Bien entendu, la politique, mise à part les qualités de l'homme.
– Et tu appelles ça, pour cet odieux personnage, les qualités de l'homme, qui soutient la dictature !
– Antonio, je t'en prie, pas de polémique négative, entre nous !
– Rassure-toi, tu soutiens qui tu veux, par contre, celui-là !!
– Bien, alors changeons de conversation, c'est préférable, dit-elle agacée.
– Comment va ton père, et tes rapports avec lui, où en es-tu?
– Lui, il va bien, mais nos rapports se dégradent, j'envisage de tout quitter.
– Antonio, tu ne peux pas faire ça, pense à ta mère !
– Je sais, je vais lui causer beaucoup de peine si je pars.
– Réfléchis, cette femme a énormément d'amour pour toi, souligna Silva.
– Je ne supporte plus qu'on ferme les yeux sur les agissements de la dictature, tu comprends ?
– Antonio, j'insiste, ta mère mourra de chagrin, elle est si bonne, tu es son dieu.
– Arrête, tu veux ? J'avoue que l'idée me crève le cœur.
– Et, tes études de droit, ton souhait de devenir avocat ?
– N'en parlons plus, je manque de motivation totalement.
– Tu le regretteras plus tard, Antonio.
– Peut-être, mais je rêve d'une vie, ailleurs.
– Je suis sûre, que ta raison va l'emporter, fit Silva.

– Je ne crois pas, mes idées sont bien déterminées.
– Et tu veux aller où, en Europe ?
– En France, je pense, cela m'attire.
– La guerre là-bas, n'est pas finie, Antonio.
– Je sais, le conflit ne devrait pas s'éterniser.
– Si tu as encore un peu d'estime pour moi, écoute la voix de la sagesse.
– Subir mon père, ça me rend fou, ses tromperies dans le dos de ma mère, tu comprends ?
– Il n'a jamais pu s'empêcher de séduire, tu sais bien, ajouta Silva.
– Ce n'est pas une raison, ma mère ne mérite pas cela, comme avec nos employées, à sa vue !
– Justement Antonio, tu ne veux pas lui créer un autre chagrin ?
– Non, je ne voudrai pas, je l'aime trop ma mère, cependant...
– Cependant quoi, Antonio ? Et comment vas-tu vivre en France ?
– Je trouverai des petits boulots, je ferai s'il le faut un métier manuel.
– Tu te rends compte, toi qui n'as jamais travaillé, dit Silva.
– J'ai ma conviction, si je pouvais même emmener ma mère, l'enlever de sa vie de soumission !
– Un jour cela changera pour les femmes, Antonio, mais nous en sommes loin, il faudra d'autres générations, d'autres décennies.
– Il a toujours eu cette arrogance en parlant de son argent.
– Elle en profite, c'est sûr, son train de vie aussi, quant à la fidélité !
– Tu as raison, nous les hommes notre vision est sans doute égoïste.
– Comme la plupart des latins, Antonio, prends le temps

de la réflexion pour ta décision, je t'en supplie », suggéra Silva.

Cette fois pressée, elle l'embrassa sur la joue, avec au fond d'elle, comme un reste d'amour que cerna l'étincelle de ses yeux.

« Je ne te promets pas », fit Antonio.

Non insensible à son baiser, il lui parut plus relever de l'amitié que d'un amour du passé.

Même si sa détermination de départ semblait bien ancrée et ses idées bien arrêtées, l'image de sa mère ne le quittait pas une seconde. Sa pensée, accolée à son visage affectueux le rendit dans une souffrance intérieure dont il ne put se détacher.

Et pourtant, malgré la prise de conscience du chagrin qu'il risqua de provoquer à sa mère, et susciter de toute évidence à cette femme aimante et sensible les images d'un drame, sa détermination parut avoir le souffle de la tempête, comme la révolte venue d'un océan en furie. Laminant sur son passage les avoirs de tout un peuple, quelque fut sa condition humaine, mais aussi pour catapulter les erreurs humaines dont certaines n'étaient pas recevables.

Et soudain, comme une nuée d'oiseaux qui avait pris son envol, et qui passèrent au-dessus de nos têtes en ne laissant que le bruit inaudible de leurs ailes, comme des drapeaux flottant au vent, les années s'écoulèrent sans avoir la moindre réponse plausible.

Pérégrinations dans la Ville Blanche

Alberto, n'avait comme références, que les quelques documents et lettres retrouvées au hasard de la vie, dans un hôtel de la région parisienne où il descendit pour visiter, ce week-end-là, la vallée de Chevreuse.

L'hôtelier intrigué par son nom, lui fit part d'une valise qu'il avait conservée depuis des années, il ne savait trop pourquoi, et que ses parents propriétaires de l'époque avaient gardée pensant sans doute que le client viendrait un jour la réclamer.

Ce qui ne fut jamais le cas, dans ce coin retiré appelé la ceinture de Paris, et la petite ville de banlieue nommée Jouy-en-Josas.

A partir de ce constat, et après lecture attentive des lettres, Alberto eut une sorte de révélation inattendue, et extrapola les actes de jeunesse de son père, y compris dans une vie totalement imaginaire. Les comportements qui influencèrent sa décision de quitter son pays et la grand-mère d'Alberto restèrent flous, dans des conditions qui ne furent jamais élucidées.

C'était à lui, Alberto, de reconstruire l'histoire à partir de faibles éléments, et de tenter pour être en paix, d'aboutir à quelque chose de plausible, si on pouvait croire à juste titre s'approcher d'une infime vérité, ses incessantes interrogations.

La prospective lancée, relevait plus du roman que d'une enquête avec des faits précis sur lesquels se bâtissent les éléments d'une très probable vérité.

Voilà les raisons du voyage d'Alberto, et les pas qu'il entreprit dans la Lisbonne lointaine de son père, Antonio, peut-être aussi pour de nouveau se rapprocher de lui, la main tendue vers la sienne, ses doigts entremêlés aux siens, qu'il avait lâchés trop vite, il y a plus de soixante ans.

Ainsi se retrouva-t-il au hasard de ses pérégrinations dans la capitale, dans des rues et avenues dont il ignorait l'existence ayant surtout pris sur plan la généralité des quartiers principaux mis en vedette au regard de l'histoire de Lisbonne.

Ce fut le cas pour l'avenue Dom Carlos qu'il découvrit par un jour très ensoleillé, et où chaque arbre couvert de fleurs appelées jacarandas d'un rose éclatant formaient, avec leurs branches reliées entre elles des deux côtés de l'avenue, une voûte où apparaissait une mince trouée de ciel bleu.

Des rails à double sens sillonnaient toute l'avenue dans l'attente des passages du célèbre tramway de couleur jaune, dont on sentait la proximité avec le bruit ferraillant de ses roues sur l'acier et celui du freinage à la hauteur d'une station d'arrêt.

Comme un chapiteau protecteur, les arbres des jacarandas offraient la sensation d'un véritable jardin au coeur, de la ville, un sentiment paisible d'où la beauté s'était extraite, quelque peu perturbé par la circulation des véhicules et l'intermittence des tramways.

Alberto, à cette découverte, éprouva un réel plaisir visuel comme il n'avait pas fini d'en avoir au cours de son séjour prolongé. A cette vue un regret lui vint tout de suite en mémoire, le voyage à Madère pour lequel il hésita longtemps après la disparition de son épouse et qu'il annula au dernier moment.

Pourquoi cette longue hésitation : il n'en sut jamais rien. Mais aujourd'hui devant la beauté des fleurs de l'avenue Dom Carlos, il ne pouvait s'empêcher de revoir les photos des brochures et les images des jardins en terrasses de Madère, aux innombrables fleurs de couleurs variées, qui surplombaient et descendaient des collines abruptes comme un jardin offert vers les rumeurs de l'océan Atlantique. De l'autre côté de l'avenue où il se trouvait, son attention se fixa sur une personne âgée en attente devant une crèche d'enfants aux bâtiments peints en jaune et bleu, du nom d'Amalia Rodrigues. Il s'avança vers elle avec le désir d'engager la conversation.

Quelques mots afin de savoir son prénom. Porté par une vague de curiosité qui le submergea, telle la mer lors des violentes tempêtes catapultant les plages et les côtes, à son approche il modéra son élan bien qu'encouragé par un petit signe de la femme, et l'aborda par les quelques mots de portugais qu'il connaissait, et le plus simple avec la formule de politesse classique : « Bom Dia (bonjour) ».

Très gracieuse, elle lui répondit : « Bom Dia » et désigna tout de suite par un geste large les enfants dans la cour de la crèche ; puis marmonna quelque chose d'incompréhensible pour Alberto qui à son tour eut un acquiescement comme de compréhension.

Puis, la tête tournée, son regard se perdit dans la cour de la crèche où les enfants jouaient, éparpillés à plusieurs endroits, avec cette similitude dans leurs gestes et attitudes à tous les pays du monde sous l'oeil vigilant des personnes de service.

La vieille femme, comme déconnectée du monde actuel, et de la présence d'Alberto, souriait toujours en regardant les enfants, emportée avec naturel dans ses propres images qui se confondirent sûrement avec les images de son propre passé. Et sans doute dans ce quartier, à laquelle son appartenance était liée et qu'elle ne dut jamais quitter de sa vie.

Avait-elle des enfants, à plus forte raison des petits-enfants, c'eût été probable ou possible, mais la difficulté de la langue ne permit à Alberto d'en savoir davantage, de tenter quelques questions à son égard.

Le seul point qui le réconcilia avec ce bref intermède, ce fut le physique de cette femme âgée, auquel il affilia le visage de sa grand-mère, Maria, qu'il n'avait jamais connu. Un regret qu'aucune autre récompense ne pouvait consoler, tant le poids de ce manque naturel pesait lourd dans sa vie d'adolescent, et même plus tard d'adulte.

La vieille femme en partant fit un signe de la main, et afficha comme au début de leur brève rencontre son beau sourire ; Alberto témoin de cette attitude et gestes conjoints ne put que rapprocher cette vision aux attitudes similaires qu'il imagina de Maria, à une autre époque, mais où les sentiments à l'égard des enfants fussent les mêmes avec vraisemblance.

L'inconnue exprimait sur son visage les qualités d'affection qu'on attribuait en général aux grands-mères, et dans son regard l'étincelle de bonheur, doublé d'une attention protectrice en face de la fragilité de l'enfance.

Alberto, se dirigea ensuite vers la place du Rossio, en passant devant la gare Rossio à la façade néo-manuéline, d'où les trains de banlieue, y compris pour Sintra, partent emportant les nombreux touristes en ce mois de juin vers le château de la Péna, une autre image et édifice de l'histoire du Portugal au coeur de la forêt, lieu privilégié imprégné par la mémoire de Lord Byron.

Le Rossio, une des places de Lisbonne dont le charme envoûta Alberto, avec au centre sa fontaine et ses sculptures d'où jaillissent les jets d'eau, avec la statue de Dom Pedro IV érigée au bout d'une colonne de marbre, et dans la lignée, juste en face, l'emblématique théâtre national D. Maria II ancien palais de l'inquisition.

Une autre place appelée Da Figueira attirait son attention où se côtoie la multiplicité des races et les petits métiers exercés jusqu'au vendeur de billet de loterie, ainsi que la pauvreté ambulante de personnes dont certaines, infirmes, en proie à la mendicité sont sous la surveillance appliquée de la police.

Dans son profil, la Baixa est présente avec la foule qui arpente sans cesse la rue Augusta, la plus chic avec ses commerces de luxe aux grandes marques européennes, et les autres rues adjacentes, formant un quadrilatère au sein de ce quartier, et d'où au loin se dresse l'imposant Arc de Triomphe qui aboutit à la place du Commerce, dotée de l'immense esplanade qu'entourent les anciens palais proches du quai de Sodré, auprès du Tage.

Dans cette déambulation d'une journée à part entière, Alberto, n'oublia pas la vue du passant qu'il était, avec la foule en attente, longue file indienne, auprès de l'élévateur de Santa Justa, dont l'altitude permettait un splendide panorama sur Lisbonne.

Quelques instants plus tard, Alberto se retrouva devant l'entrée du café Nicola de style art déco, place du Rossio, où le café et les pâtisseries sont appréciées des lisboètes, en pause à la terrasse, ou à l'intérieur sous l'oeil vigilant et professionnel des serveurs.

Alberto, heureux, choisit d'aller au fond du café Nicola où se situait la partie restauration, à une table pour deux, que le serveur en costume noir et noeud papillon s'empressait de réduire à une personne, enlevant les couverts inutiles et le saluant avec une extrême courtoisie.

Par chance, celui-ci s'exprimait assez bien en français, et Alberto souligna à son intention que bientôt il faudrait à cet emplacement, qu'il appréciait, laisser les deux couverts car il ne serait plus seul.

Le menu choisi, il rêva déjà à ce jour prochain où la solitude quelque peu pesante, mais nécessaire à ses recherches, serait comblée par une présence dont il ne pouvait plus réfuter le bénéfice à l'automne de sa vie.

Mais de qui s'agissait-il, et d'où venait cette énigmatique personne ?

Ainsi passa la journée d'Alberto, avant de revenir à l'appartement qu'il avait loué au coeur de l'Alfama.

Accolé au mur près de la porte-fenêtre, un bureau muni seulement de carnets de moleskine d'un côté, et d'un carnet avec d'autres notes à l'effigie d'Amalia Rodrigues et quelques crayons à papier dans une chope illustrée par un cycliste, dont le dessin rappelait l'ascension d'un col des Alpes, le mythique Izoard où les champions cyclistes du Tour de France dès les premiers lacets jetaient un regard d'inquiétude devinant le sommet à plus de 2100 mètres et après avoir affronté « la terrible casse déserte ».

Le soir à la nuit tombante, il aimait allumer la lampe au pied de porcelaine bleu, avec l'abat-jour peint aux motifs des fleurs de montagne et achetée à Samoëns le village de Haute-Savoie que Muriel et lui adoraient lors des étés passés ensemble dans la région, et des pique-niques au bord du lac bleu de Verchaix proche de Morillon.

Dans la pièce faisant office de salon qu'il appréciait en particulier, chaque matin, et en fin de journée, pendant des heures variables, selon l'inspiration et l'assiduité au travail, il additionnait les lignes et résolvait la syntaxe d'un probable récit romancé.

Ce soir à la nuit parsemée d'étoiles, face à son balcon ouvert sur les lumières du Tage et à la vue du pont du 25 Avril, la musique du fado portée par la voix mélancolique de la chanteuse toute vêtue de noir aux gestes précis le long du corps, résonnera dans toutes les rues et ruelles du quartier populaire de l'Alfama.

Mêlés aux cris de tout un peuple joyeux occupé à fêter la Saint- Antoine, patron de Lisbonne, ils boiront en dansant très tard dans la nuit, et mangeront en même temps les sardines grillées dont l'odeur pénétrante encerclera les fenêtres des immeubles colorés, et suscitera l'envie de participer à la joie des hommes et des femmes réunis.

Cette nuit- là, Alberto s'endormit très tard, et le ciel clignota de ses mille étoiles accrochées à sa sphère d'une pureté incomparable.

Proche du matin, le silence dans les rues était revenu. Il n'exista plus que quelques murmures, comme des voix enrouées pour avoir trop crié, entraînées par l'ambiance et dont la tonalité d'aigu manquait pour cause d'épuisement des cordes vocales.

Dans l'air, au matin, des restes de la nuit, seules demeurèrent de l'ambiance surchauffée, l'odeur des sardines grillées et l'empreinte des festivités.

Les jours suivants, Alberto continua son périple en parcourant les axes principaux de la capitale, et selon ses affinités les quartiers et les places, comme par exemple le Rossio, qui eurent à ses yeux une priorité pour rendre inoubliable les heures où tout son être s'impliqua au bonheur de l'observation et au recueillement des bruits multiples, et des sensations d'un peuple en mouvement dans sa vie de tous les jours.

Etait-elle différente de celle d'autres capitales, probablement non, mais ici courait encore quelque part la rumeur des hommes évoquant l'histoire et les affres de l'ancienne dictature.

Alberto venait de ralentir son pas à la hauteur de l'entrée de la gare du Rossio, subjugué par le dallage sur lequel il marchait, et découvrit les mosaïques de Lisbonne, les petits carreaux luisants et glissants par temps de pluie sur la plupart des trottoirs. Ici existe l'évidence, en abordant l'avenue de la Liberdade (liberté) par la place des Restauradores (Restaurateurs) où chaque mètre carré pour l'ouvrier au travail de réfection du sol, devient une véritable œuvre d'art tant la méticulosité s'avère une qualité indispensable.

Antonio, le père, de son vivant, avait du face à ces hommes du peuple ressentir la plus grande admiration, car il parlait souvent des ouvriers aux tâches rudes dont sa famille ignorait la misère, et ne voulait à aucun moment qu'elle fasse partie de la moindre conversation, dans l'atmosphère veloutée du salon de l'appartement bourgeois de la Rua Garrett.

Le tramway 12 remonte vers la colline de l'Alfama, avec au cours de ce parcours sinueux entre les immeubles rapprochés où le frôlement devient inévitable, un bruit de grincement continu qui perdure sur les rails, et une petite musique aigue à chaque ralentissement, une vibration éraillée, comme si un instrument de musique, quel qu'il soit, sous les doigts malhabiles de l'interprète, avait joué une fausse note régulière.

Alberto, ainsi que les autres passagers dont le corps, bien qu'assis, sur un siège de bois, bringuebalait, face au regard des touristes étrangers au sourire étonné, s'amusait de ce moyen de transport en commun d'un autre temps qui faisait encore les beaux jours de Lisbonne pour visiter ses différents quartiers au gré de ses sept collines et des aspects traversés.

Assise en face sur la même rangée, une jeune femme se pencha vers lui, intriguée par l'ouvrage qu'il tenait à la main et lui demanda le titre, car elle semblait particulièrement intéressée à la vue de la couverture.

Son visage agréable et souriant, mettait en évidence de beaux yeux bleus qui éclairaient la pâleur de son teint de blonde, et exprimait la sympathie naturelle.

Il apprit qu'elle était Américaine de la région du Colorado, et qu'elle venait pour la première fois dans la capitale du Portugal, en week-end prolongé. Ainsi lui conseilla-t-il « Lisbonne revisitée » le livre de Pessoa, dont lui-même ne se séparait pas durant ses périples quotidiens.

Quelques instants plus tard, en quittant son emplacement, elle remercia une nouvelle fois Alberto, pour ses indications et sa gentillesse.

Il lui dit : « Bon séjour et bonne visite de Lisbonne. »

Elle répondit : « Merci, ce sera en partie grâce à vous. »

Alberto, surpris par la réponse, en apprécia la teneur.

Son visage et sa voix teintée de l'accent américain ne le quittèrent plus de la journée.

Pessoa, un guide merveilleux qu'il venait de conseiller à la jeune femme, offrait au fil des pages et de ses photographies la possibilité de marcher sur les traces du poète, et de se retrouver dans les endroits où lui même s'était posé, évasif et absent comme tous les poètes en instance d'inspiration.

Respirer la ville, au « Martinho da Arcada », café célèbre sous les arcades du Terreiro do Paço (place du Commerce) où il venait régulièrement en compagnie d'autres amis écrivains, boire un verre d'absinthe ou de vin rouge comme à son habitude, et s'asseoir à l'endroit où leur ombre demeurait comme une flamme invisible.

A ce même endroit, peut-être qu'Antonio, le père d'Alberto, par le passé avait du faire escale pour échapper par instant à son milieu, et jouir de sa liberté en s'arrêtant sur le parcours que stipulait Pessoa, et qu'il avait aimé aussi, les pensées dirigées vers sa future décision, la fuite d'un pays où il éprouvait la rancoeur de s'inscrire un peu plus chaque jour, malgré sa situation confortable au sein du milieu dans lequel il évoluait.

La décision brutale intervint. Il annonça son intention de quitter le milieu familial, et d'interrompre ses études malgré son instabilité, conscient qu'à l'opposé de sa décision son avenir semblait sans nuage, tracé par un père haut fonctionnaire (grand-père d'Alberto) aux actifs de nombreuses relations et très introduit dans le régime politique de l'époque.

Mais ne fût-ce pas, justement, le dégoût de la dictature

imposée, bien que protégé par son milieu, incita Antonio à fuir, ne voulant pas cautionner la misère, au contraire de son père, qui se développait sous ses yeux ?

La vraie victime dans cette mise en scène révoltante, était sa mère, Maria, (grand-mère d'Alberto) qui tout le restant de sa vie attendit une autre consolation, à défaut de son fils Antonio, parti ; elle aurait aimé un jour apprendre la venue d'un petit-fils ou d'une petite fille comme compensation à son chagrin définitif.

Des deux cotés cette consolation ne vint pas, et au delà des générations un être, témoin indirect, en a souffert. La connaissance de Maria lui eût été inestimable sur le plan affectif.

Alberto descendit du tramway 12, à l'arrêt du belvédère de Santa Luzia au coeur de l'Alfama où un palmier solitaire donnait une apparence d'isolement par rapport aux touristes indifférents.

Arrivé sur l'esplanade il s'enivra de la vue plongeante sur les toits de tuiles orangées des immeubles en dégradé, aux façades très colorées, alternant du bleu, au jaune, au rose, qu'amplifiait le soleil du plein après-midi. Le Tage en contrebas multipliait ses reflets et coulait sa vie paisible. Plus loin dans son regard en éveil, au gré des ruelles, vers le château Saint-Georges, quelques superbes esplanades et terrasses ombragées s'ouvraient au visiteur, avec l'odeur du marché matinal qui flottait dans l'air.

Plus haut, par une ruelle aux lourds pavés qui aboutissait au château Saint-Georges, la foule en attente était en file indienne, et les différents accents des visiteurs se mélangeaient dans les propos ou conversations incompréhensibles dans leurs langues étrangères.

Une fois à l'intérieur du château, longeant les remparts, la vue sur Lisbonne était imprenable et offrait un magnifique panorama sur des jardins en terrasses de maisons particulières, ainsi qu'un aspect concentré de la ville où l'on distinguait avec facilité les monuments principaux, l'architecture et places des quartiers principaux. Alberto, avec une émotion non feinte, au cours des heures de déambulation dans la ville rêvée depuis tant d'années, sentit sa mémoire se fixer sur les lieux parcourus, persuadé que seul le néant pourrait occulter la vision enregistrée d'un inestimable bonheur.

Dans quelques jours il devra quitter la beauté du lieu, en proie à une autre échéance à laquelle il avait consenti, les dates, étant établies, avec l'espoir d'un retour dans ce pays fascinant. Sans doute accompagné cette fois par une femme, car même dans l'idée d'une deuxième vie, il était important de toujours croire au bonheur en opposition au temps qui passe, même si au bout il en ressort l'unique vainqueur.

La Traversée de la Vie

Tout avait débuté par ces paroles prononcées il y a quelques des mois, et qui étaient les suivantes : « Vous savez, monsieur, vous continuez à vivre comme auparavant. »

A l'écoute de telles paroles cela put être pour n'importe quel être humain un message sécurisant, mais qui n'eut pas empêché un questionnement justifié.

D'autant plus, quand l'introduction du mal avait été annoncée, la suspicion rôde comme un aigle autour de sa proie, et même si la volonté est présente vous désirez avec une pensée forte l'écarter, mais il trouve toujours le moyen d'effectuer un rappel à l'ordre.

Et puis, de temps à autre, surgit le nom barbare du diagnostic, et là l'espoir, l'idée du mal endormi apparaît, et dans un sommeil profond, paisible, les images de l'été se multiplient, avec sa chaleur, le bonheur des piques- niques en famille. Puis, la montagne et la crête des sommets offerte au ciel bleu, la mer émeraude ou ourlée de gris, caressant le sable des plages du littoral breton et normand, attirantes avec leurs vagues dans une danse de roulis, dont votre corps enveloppé par l'écume rêve qu'on le transporte, qu'on l'apaise comme un remède guérisseur.

Le regard attiré par la splendeur de la chaîne du Mont-Blanc, où le découpage des Grandes Jorasses se profilait avec netteté.

Alberto repensait au déroulement de sa vie, telle qu'elle avait été durant plus de quarante années, l'amour fixé dans son intemporalité, les joies multiples partagées avec les enfants, les jeux et promenades illimitées dans ce coin de paradis qu'ils arpentaient été comme hiver, et aujourd'hui comme un souffle puissant qui l'eut chassé, il demeurait dans un abri cloisonné d'une mémoire, là où les souvenirs s'accumulaient en instance de revivre. Comme le survol des mouettes au-dessus de l'océan, refusant de quitter leur domaine, sauf lors des hivers trop froids où nous les apercevons se diriger vers les terres et les villes intérieures.

Alberto se détourna, à coté de lui Muriel, dormait, sa nuque brune aux cheveux courts frais coupés pour lui faire plaisir reposait sur la taie d'oreiller, le drap écarté par sa main découvrait ses épaules dénudées, le moitié de son dos, sa peau mâte, et sa colonne vertébrale sans incidence, aux vertèbres alignées sans déformation osseuse, une symétrie parfaite jusqu'au creux de ses reins.

Sa jeunesse éclatait à ses yeux, et il y avait tant d'amour retenu dans son regard, à présent, par pudeur, sachant qu'il ne pourrait plus la rendre heureuse, tout à fait comme avant.

Le mal l'avait réduit à une sorte de claustration physique, et pire encore l'envie associée au désir spontané lui échappait, sans qu'il en perçoive réellement l'insatisfaction.

Restait l'ébauche d'une histoire avec l'interrogation sur la différence d'âge, mais où la tendresse sut succéder au plaisir physique sans pour autant effacer du registre le mot passion.

Ce matin là, Alberto arriva au volant de sa voiture, et marqua un temps d'arrêt à la barrière d'entrée, prit son ticket et alla stationner à l'endroit prévu, aux places limitées à cause des travaux, proche du service dans lequel devait s'effectuer ses séances de radiothérapie.

Il put constater avec un frisson dans le dos, le va et vient important des taxis, ambulances, et autres véhicules assermentés, qui conduisaient des malades de tous âges vers le même service.

Descendant parfois avec peine, les chauffeurs les aidaient, et avec un pas lent les escortaient jusqu'au service à l'heure indiquée.

Ils parlaient souvent de l'horaire de reprise, du retour au domicile, et étaient eux-mêmes interpellés au téléphone sans cesse pour prendre d'autres patients avec des rendez-vous divers, dans d'autres établissements.

Arrivé en face des secrétariats et de la salle d'attente des médecins, Alberto fut impressionné par le nombre de personnes en attente, où les regards reflétaient l'inquiétude, et d'autres regards penchés vers le sol le fixaient avec obstination, dans une sorte de refus à lever la tête en proie à de nombreuses questions.

A ce stade, il comprit très vite que quelque soit le niveau social de la personne concernée, que tout le monde se retrouvait à égalité comme ce qui lui vint à l'esprit en pensant à la finalité de la vie.

Les barrières tombaient comme les feuilles des arbres à l'automne dans une allée tapissée de jaune et roux où se répandait l'incertitude.

En voyant certains visages, et la modification de leur teint, on pouvait sans admettre une telle comparaison, rattacher les saisons de l'année à celles de la vie, et d'autant plus marqué avec l'atteinte du mal.

Plus loin, au bout du couloir se trouvaient les cabines et les salles aux noms de quelques îles glorieuses de Bretagne ; Houat, Hoëdic, Groix, où chaque patient était affilié, sans en avoir effectué le choix, pour son traitement.

Au-dessus de chaque porte un voyant lumineux de couleur rouge et verte indiquait si la cabine était libre ou occupée.

C'était là, face au nom de la cabine attribuée que tous les jours Alberto devait attendre l'appel de son nom ; il en avait d'emblée pour huit semaines d'affilée que comportaient les séances. La belle Hoëdic, dont le souvenir au cours d'une ballade en mer en longeant les falaises lui revint, barré par un skipper professionnel, une journée merveilleuse sous le soleil et le ciel azuréen du Morbihan, qui n'avait rien à envier aux régions du sud.

Venait, à l'heure précise indiquée sur sa feuille hebdomadaire, l'appel de son nom par une technicienne chargée de le diriger vers la salle, où avait lieu la séance d'une durée de quinze minutes au maximum.

Parfois, Muriel l'accompagnait, bien qu'il préférait venir seul le plus possible en conduisant sa voiture et garder ainsi son autonomie, tant que le mal introduit dans son corps lui en laissait la possibilité.

Muriel assise à coté de lui dans la salle d'attente faisait en général des mots croisés, et dissimulait fort bien ses angoisses depuis qu'elle connaissait le diagnostic.

Alberto, sans l'évoquer, apprécia sa présence, car il était toujours difficile certains jours d'être confronté à la solitude dans ce lieu impersonnel.

Il se souvint comment cet homme très affable d'un âge proche du sien, dont la profession le confrontait à de hautes responsabilités, ce jour- là heureux de se confier sans doute, lui évoqua ses deux cancers traités à deux endroits différents avec des traitements lourds.

D'un calme olympien, avec un sourire rassurant, il expliqua ses rendez-vous rapprochés et tout ce qu'il subissait, avec cette croyance fabuleuse qu'il allait s'en sortir et qu'une autre vie se dessinait au terme de ces mauvais passages.

Alberto, ne put avoir que de l'admiration pour l'homme, dont le courage fût exemplaire avec un témoignage fort pour les autres.

Souriante, en général, la technicienne avec quelques mots sur votre état du jour vous laissait le temps d'enlever quelques vêtements avant de passer au contrôle informatique, avec votre carte d'identité et photo établis dans le service ; le bip sonore indiquant que vous pouviez sans quelque appréhension franchir le couloir sombre à votre gauche afin que l'on vous place sous l'appareil de rayons en ayant soin que votre position soit parfaite et confortable.

Au moment de démarrer la séance, les bras repliés sur votre thorax, il y avait toujours un mot réconfortant, et le classique : « A tout à l'heure, monsieur. »

Et, derrière leur cabine, les deux techniciennes parlaient, et l'ordinateur réglé, l'appareil au-dessus de votre corps démarrait, vrombissant comme une musique nasillarde, puis s'arrêtait à l'endroit du mal ciblé, repartait dans l'autre sens jusqu'à sa terminaison où vous aperceviez la lumière verte de fin.

Durant la séance, les yeux d'Alberto s'étaient fixés sur le plafonnier, ignorant volontairement l'appareil dans sa rotation. Ils s'appropriaient l'image d'un brin de ciel bleu, entre des nuages blancs et des arbres qui ressemblaient aux cerisiers en fleurs du Japon.

La séance finie, vous étiez reconduit à la cabine pour vous rhabiller, par une jeune femme au physique agréable, et vous entendiez des paroles rassurantes avant de vous laisser dans votre intimité: « Bonne journée, monsieur, profitez bien, et à demain. »

D'autres fois, en fonction d'effets secondaires inévitables que vous expliquiez au fur et à mesure de l'avancement des séances, vous entendiez : « Bonne journée, Monsieur, reposez-vous, à demain. »

Des messages perçus comme de l'espoir, dont vous étiez preneur dans l'attente du lendemain, en apercevant d'autres malades au physique davantage marqué et au corps amaigri par le mal qui les rongeait.

Seule consolation dans cet univers clos, le sourire d'accueil et les mots réconfortants des techniciennes car les médecins bien qu'assurant une consultation, si nécessaire, ne sont pas toujours disponibles au moment où votre envie de leur parler se manifeste.

A leur décharge, le nombre de cas en évolution et les préoccupations face à certains malades arrivés en phase délicate, et où il fallait avec humanité trouver les mots pour avertir les proches des échecs de traitements, et malheureusement, parfois, de l'irréversibilité de la maladie.

Alberto avait cet avantage (si on put s'exprimer ainsi) d'avoir déjà subit ce long parcours par le passé, un drame familial, et avait été à même de juger la méthodologie employée et l'extrême psychologie des médecins pour révéler quand le combat devient inutile, arrivé à un stade ultime, et qu'il s'agit d'une question de jours.

Bien entendu, il existait des cas de réussite, ce qu'il ne fallait pas perdre de vue, avec des rémissions sur plusieurs années où la vie pour chacune de ces personnes se multipliait dans le sens d'un profit au quotidien, d'un bonus sur la vie.

Et, vaille que vaille, en ne sachant pas de quoi sera fait demain !

La technicienne, sur la fin du traitement d'Alberto, lui dit : « Vous devez compter les jours, monsieur Pexeiro ? » Il répondit avec spontanéité : « Chaque matin, je fais le décompte sur mon agenda, et tire un trait sur la séance du jour. »

Elle ajouta : « Vous allez bientôt pouvoir repartir au soleil ! Il répliqua : « Peut-être même y rester plus longtemps, avec d'abord une incursion en Bretagne.

– Et, où cela ? fit- elle.

– Dans la baie de Morlaix, du côté de Carantec, répondit-il.

– Je connais bien, dit-elle, des parents de mon mari avaient une maison à cet endroit prisé.

Nul doute, que pour beaucoup d'entre nous, cela devait être un réflexe naturel et humain, le besoin d'évasion se manifestait et au travers de ce sentiment l'appel de paysages éloignés qui à l'opposé reflétait la beauté et la perspective d'avenir.

Nous ne sommes pas faits pour douter sur l'heureux déroulement de notre vie précieuse, et encore moins pour comprendre la fatalité de la souffrance.

Nous sommes contraints, tout simplement, d'en supporter les accidents de parcours.

Interlude

Alberto et Muriel avaient réservé une chambre pour quatre nuits dans un hôtel près du port de Morlaix.

Ils voulaient s'éloigner des paysages de Normandie, des abords de la Seine, pour retrouver, plus sauvage, les côtes de la Bretagne et plonger ainsi dans la région de naissance d'Alberto.

De plus, il s'agissait pour eux deux de se détendre suite à la période astreignante qu'avait subi Alberto, et qui ne laissa pas Muriel sans inquiétude.

L'endroit accueillant leur permit de tourner la page pour quelque temps et de visiter à leur rythme les trésors cachés du vieux Morlaix.

Chaque début de matinée, après le petit déjeuner pris en salle, souvent en compagnie de gens de leur âge, ils partaient vers le centre ville peu animé, à la découverte des rues tortueuses, aux pavés comme boursouflés dans leur forme arrondie, plus que centenaires, et flânaient aux alentours de petites places encadrées d'immeubles colorés avec des façades en bois.

Le charme de la ville se dévoilait à eux sous l'historique viaduc qui la dominait de ses énormes pylônes de pierre dont la largeur d'implantation impressionnait.

Certains soirs, ils dînèrent en crêperie ou au restaurant dans les rues imprimées du passé breton, et où à l'intérieur l'ambiance joviale et le décor jaillissaient des visages empourprés parmi les voix fortes qui s'exprimaient sous l'effet d'un repas arrosé.

La curiosité les poussa une fin d'après-midi à emprunter une ruelle à forte pente qui menait au passage piéton du viaduc, un passage sous l'arche formée. Le pourcentage de la montée les obligea à faire deux ou trois pauses avant d'atteindre leur objectif, ils croisèrent d'ailleurs des jeunes couples avec enfants, surpris et ravis du point de vue sur les toits et monuments divers de la ville.

Puis, soudain, ce jour là, pendant les moments de leur visite, sans en connaître les horaires précis, apparut le train à grande vitesse en direction de Brest ou de Paris, les voies se superposant, qui se fît entendre au- dessus de leurs têtes tout en haut du viaduc, où les wagons surgissaient de la pierre vers le ciel dans un semblant de train miniature sous le regard ravi des enfants.

Ce fut comme une sensation comme d'écrasement, de corps minuscule, sous les tonnes d'un convoi dont le bruit s'éclipsa en quelques minutes, après avoir une fois de plus créé la vibration des énormes colonnes de pierre de l'édifice dont la construction était historique.

La confiance et l'enthousiasme lui revinrent chaque jour davantage en remontant la rivière de Morlaix, après les visites de charme des localités comme Locquénolé avec son église implantée au centre du pays, taillée dans la pierre bretonne et ses sculptures typiquement de la région. A l'intérieur, elle apparaissait comme miniaturisée, ornée de beaux tableaux religieux, et semblait posée comme une pierre précieuse dans le calme du village.

Sur la côte, Locquirec offrait un autre type de sérénité dû à l'arrière- saison d'exception, et les retraités en majorité ce jour-là, flânaient en mettant à profit les derniers beaux jours sous un ciel bleu digne depuis des mois de la Bretagne, quoiqu'en dise la rumeur.

Puis, il y eut dans la baie de Carantec, l'excursion en mer le dimanche suivant, dans la matinée, en partant de la jetée de la plage de Kerlenn pour visiter le château du Taureau à quelques miles de la côte à la lisière du Trégor.

Au retour, avec beaucoup de visiteurs de l'excursion, éparpillés le long de la plage dans différents snacks- restaurants, ils avaient pris le temps de se restaurer, le temps de vivre sous la chaleur manifeste.

L'après-midi, isolés sur une grève, Alberto lu à l'abri du mur d'une propriété, assis sur un banc directement posé sur un pic rocheux ; tandis que Muriel marchait sur la grève en essayant de trouver des petits cailloux qui pourraient servir à son activité de bricolage, à l'atelier où elle était inscrite deux fois par mois.

Au loin sur la côte se dessinait la ville de Roscoff, les mâts dressés du port de plaisance avec l'embarcadère où se devinait un des Ferries de la compagnie Brittany-Ferries qui assurait ses liaisons vers l'Irlande, Cork, Rosselaire et Dublin, puis de l'intérieur des terres émergeait le clocher de Saint Paul de Léon et sa vieille cathédrale en réfection.

De leur visite à Roscoff, où ils déjeunèrent en terrasse face à la mer, hormis la trop grande chaleur intérieure qui régna, Alberto et Muriel apprécièrent le cadre et la qualité des menus proposés, dont les fruits de mer avec les huîtres dont il raffolait, mais son envie s'éclipsa à cause des inconvénients dus au traitement récent qu'il avait subi.

Lors de la marche salutaire, ils aperçurent ce jour-là plusieurs mariages et des joyeux invités en terrasse à prendre un verre, toutes et tous, en dehors de la mariée, sublime, d'une élégance raffinée, avec de très belles femmes dans leurs robes respectives, colorées, aux motifs de dentelle qui seyait à leur teint, quelles eussent été blonde ou brune, comme Alberto les aimaient depuis toujours, mais aujourd'hui son regard n'avait plus la même étincelle, car le mal avait même irradié sa fierté d'être un homme.

Leur marche au cours de la journée les emmena vers le pont embarcadère de l'île de Batz, situé en face, et à marée basse les voyageurs devaient tous rouler leur valise jusqu'au bout de la jetée où accosta le bateau pour l'île. De là, on pouvait avec étonnement contempler sa superficie en imaginant certaines de ses saisons, en prise avec les vents, son entourage grandiose par l'océan, avec l'émotion au cœur pour les veillées au coin du feu dans l'âpreté et le bienfait de la solitude.

Être face à soi, faire le point sur sa vie, dans le silence du bruissement de la mer ou de sa tempête, et aussi s'interroger sur le temps qui passe, comment utiliser celui qui reste, avec la sérénité attendue au fur et à mesure que l'âge s'investit et qu'il contrarie les élans d'hier.

Lui revint aussi, la femme à la Jaguar, une merveille de coupé de couleur grise, qu'il surprit à la sortie d'un bureau de presse, alors qu'il avait en mains une carte postale de Roscoff pour envoyer à un de ses proches.

La femme, distinguée, d'une cinquantaine d'années, et d'un naturel simple, entama une conversation avec Muriel croyant gêner à l'ouverture de sa portière de voiture, et Muriel, affirma : « Pas du tout, madame » et la femme de répliquer : « Je ne peux pas m'en passer le dimanche, c'est mon plaisir de conduite en venant acheter ma revue, de quoi rendre jaloux mon mari. »

« Vous avez bien raison, comme je vous comprends, répondit Muriel les hommes de leur coté ne sont pas en reste ! »

Elle nous quitta avec un sourire de complicité et empli de fierté. D'une allure souple et heureuse elle se dirigea vers le bureau de presse, nous eurent aussi à notre tour le coup de foudre pour la voiture, car il s'agissait d'un modèle exceptionnel, d'une série limitée, dont la fabrication avait été interrompue il y avait quelques années.

Comme Alberto comprit cette femme, dont l'aisance financière ne faisait aucun doute, et qui depuis longtemps avait perçu que nous sommes les passagers d'un monde où se faire plaisir lorsque l'on peut, ne devait susciter en aucun cas l'horrible jalousie.

En se remémorant la visite au château du Taureau, où ils furent escortés par des personnes de tous âges, y compris des enfants avec leurs parents, Alberto ne manqua pas de penser aux siens au même âge, eux mêmes responsables de famille aujourd'hui, et mieux encore d'évaluer le temps qui passe avec les années qui s'écoulent sans la vision réelle de leur fuite irréversible.

Défilait devant ses yeux, les parties de tennis du dimanche matin, où ensemble, sa fille et ses trois garçons, s'empressaient de mettre les raquettes dans le coffre de la voiture pour aller aux « Peupliers » les terrains municipaux où Alberto louait un cours au début de chaque trimestre à partir de l'automne.

Sur un terrain extérieur, ils échangeaient des balles, souvent avec beaucoup de fantaisie, des parties endiablées, à condition d'un temps fortuit. Sinon par temps de pluie ou avec des rafales de vent, ils devaient jouer en salle au regard des « pros », tout au moins ceux qui dans la tenue vestimentaire, le matériel et l'allure se considéraient comme parvenus sur un court de Roland Garros.

Les propos s'accompagnaient aussi de tonalités très parisiennes et surtout de connaissances des règles du tennis éminemment supérieures.

Mais eux étaient là, avant tout pour passer du bon temps et le but essentiel était de se retrouver une fois par semaine le dimanche.

Le lendemain, comme chaque semaine, il repartait sur les routes exercer son métier de commercial sur plusieurs départements, parfois il envisageait le pire avec la dangerosité des axes pris, et l'imprudence des autres conducteurs.

Il avait pris les garanties nécessaires en cas de malheur brutal, et en tant que chef de famille, avait assumé ses responsabilités.

Il les aimait trop pour avoir la négligence une fois parti de les laisser dans l'embarras leur mère et eux.

Le chagrin à lui seul eut été bien suffisant comme à

chaque fois qu'existait ce type de rupture commandé par un envoyé du destin.

En repensant à cette période, Alberto, eut un sourire discret, intérieur, à l'écart de la foule, et se persuada qu'elle s'inscrivît à cette époque dans le cadre d'un bonheur feutré.

Il considéra la chance d'être arrivé jusque là, et d'avoir connu certains privilèges dans ce monde, aussi la joie de côtoyer ses petits-enfants avec qui les échanges étaient différents, et plein de bonheur à chacune de leur rencontre.

Les jours et les semaines qui suivirent, hormis l'élimination progressive de certains effets secondaires, un sentiment d'angoisse l'envahit, de peur non justifiée, comme s'il se croyait subitement aux portes de l'abandon, perdu dans une contrée où il n'y avait aucun repère possible pour retrouver sa voie. Qu'attendait-il en réalité ?

Le sut-il vraiment quand cette angoisse surgit ? Il n'y eut pas de réponse plausible en vérité, l'apparition d'un flou, d'un brouillard, l'opacité d'un cerveau qui refuse de voir, d'analyser, et qui se sent incapable d'émettre ou de trouver la confiance dans l'avenir.

Son entourage ne comprit pas sur le moment, son état d'effacement, d'inquiétude, qui semblât injustifié, mais que lui seul ressentit égaré dans un désert avec la fuite du temps.

Il repensait aux visages aperçus à chaque séance, dans leur regard la même lueur brillait, la même détermination, le même doute pour mener le combat contre le « crabe », le découragement, et puis la réaction éprise d'espoir vécu, lancée comme une bouteille à la mer où s'inscrivait le message de tous, suivant : « Nous aimons la vie et entendons la poursuivre, puisse-toi l'océan porter ce témoignage flottant le plus loin possible au gré de tes marées et de tes emportements. Comme Alberto nous y croyons tant, que nous pourrons voir de nos yeux émerveillés la beauté de ton horizon. »

Un Balcon sur le Tage

Alberto, entendait le tic-tac de la pendule de cuisine au-dessus de lui égrener les secondes et les minutes avec un son régulier.

Il correspondait aux battements d'un coeur apaisé, dont l'angoisse dissipée attestait sa fréquence lente et une logique espérée d'un pronostic de longévité.

Il donnait, comme cela lui arrivait de temps en temps depuis son récent emménagement, un coup d'oeil circulaire sur les éléments neufs de cuisine. Sur le haut trônait avec fierté le coq de Barcelos emblème du Portugal, et un peu plus loin deux vases en grès, sculptures de deux artistes célèbres ; l'un exposant à l'époque en Haute-Savoie, l'autre ayant son atelier en Andalousie, cadeau de sa fille, passionnée quant à elle par l'Espagne et Barcelone.

Le peu contenu dans cette pièce où il prit ses petits déjeuners, et parfois le midi son déjeuner certains jours, le ravissait, entouré d'une sorte de dépouillement volontaire par rapport à ce qu'il avait possédé.

L'appartement était constitué d'un long couloir depuis l'entrée, avec de chaque côté deux chambres, l'une en face l'autre, et au fond la salle de bain. Au milieu de ce même couloir, sur la droite, une salle à manger- salon dont la porte fenêtre s'ouvrait sur une terrasse avec la vue dominante et plongeante sur Lisbonne aux dessins d'immeubles rassemblés, et le Tage d'où jaillissait l'armature du pont du 25 Avril qui enjambait le fleuve.

Juste l'essentiel, arrivé à l'automne de sa vie, dans cet appartement moderne, aux murs peints de couleur claire, choisi sur les hauteurs du populaire quartier de l'Alfama, là où il avait rêvé un jour de vivre et pourquoi pas de finir sa vie, en opposition au destin de son père, Antonio.

Installé dans un confort à son goût, il aspirait à la tranquillité chaque matin, dès son réveil, car la vie ne l'avait pas épargné en émotions avec la perte d'êtres chers, en difficultés de tous ordres, et à des périodes imprévisibles où le bonheur semblait pourtant acquis et bien ancré.

Un autre pays, d'autres paysages, se présentaient à lui pour abolir les heures marquées d'un fer rouge, d'un passé devenu trop encombrant ou trop lourd sur ses minces épaules désormais, et le corps comme indicateur qui refusait de se plier aux mêmes exigences en signalant que sa jeunesse avait été d'un autre temps.

Alberto, heureux, n'attendait plus que l'arrivée de Muriel car elle avait préféré qu'il s'adapte d'abord à l'endroit choisi, aménagé avec le soin qu'elle lui connaissait, et surtout avec sa touche personnelle quant à la décoration.

Muriel avait consenti à un très gros effort en face de lui, car elle avait aimé au fond participer davantage à certaines acquisitions, mais comme son incertitude à changer de vie la bloqua quelques mois, elle laissa l'entière liberté à l'homme dont elle n'avait aucun doute quant à ses choix.

Alberto se doutait qu'en lui laissant un temps de réflexion, qu'elle finirait par le rejoindre, leurs sentiments n'ayant jamais été aussi forts, et qu'en plus elle ne pouvait se soustraire à sa promesse de le soutenir jusqu'au bout.

Elle savait que son instinct le guidait avec des intuitions différentes, au jour le jour, dont il n'avait aucun mérite personnel mais qu'il tenait cette fois de sa mère, Marceline.

C'était peut-être l'ultime ligne droite de sa vie, sur une terre dont il aimait les êtres humains qui la rassemblait, l'histoire, la culture, leur façon de lutter et de concevoir avec leurs idées, la vie elle-même.

Aussi dans leurs élans de joies mêlés aux fêtes innombrables, et l'accompagnement du rythme nostalgique du fado qui traînait sa romance, sa langueur, jusqu'aux heures éloignées de la nuit.

Alberto reçut ce matin là un appel téléphonique de Muriel de son appartement du Havre, la ville portuaire où toute sa vie précédente était liée également. La discussion eut pour sujet son dossier de suivi médical, qu'il dût transférer dans un établissement privé à Lisbonne sur le conseil avisé d'un professeur en cancérologie, qui exerçait en clinique privée à quelques minutes en taxi de son nouveau domicile.

« Alberto, ça va ? Bon, tu es prudent, j'espère ! Pour t'aviser, tout est finalisé ici, je prends l'avion demain à Paris fin d'après-midi, j'arriverai à Lisbonne à 19 h 50 heure portugaise. J'ai hâte de te revoir.

– Moi, aussi, ajouta Alberto, soulagé par sa décision officielle. Bon vol, et je t'embrasse dans l'attente. »

Il reprit le chemin de sa chaise, après l'appel téléphonique, face à son bureau adossé contre le mur, que séparait de la bibliothèque aux portes vitrées et tous ses livres précieux, la porte fenêtre de l'appartement souvent entrouverte, et qu'il avait loué pour une période indéterminée.

Période qu'il souhaitait en compagnie de Muriel la plus longue possible, une troisième vie à la durée d'échéance évasive à présent, mais à laquelle il croyait dans un esprit de longévité, de revanche face au destin injuste subi par Antonio, et par respect aux paroles ambitieuses entendues dans son enfance.

La résilience ne le quitta pas, même dans les instants les plus heureux de sa vie précédente, elle demeura comme une ombre indissociable de son parcours et comme un éclairage omniprésent dans le cours de ses pensées.

D'où toutes sortes de réflexions sur des démarches administratives qui auraient pu être entreprises pour ramener dans son pays, le corps d'Antonio, exhumé de l'indifférence du sol français pour y rejoindre le caveau familial, près de Maria, sa Maman, et cette fois obtenir la certitude de garder son fils près d'elle. Et pour Alberto la conviction du pardon de son évasion incomprise, malgré les larmes versées chaque matin de son absence jusqu'au jour de sa mort.

Alberto aima, lors de sa visite, l'originalité du cimetière des Prazeres, et surtout la signification (Des plaisirs) dans le quartier de Campo De Ourique, comme si les défunts avaient eu l'idée du plaisir à cet endroit le jour où ils furent inhumés, ou le seraient pour d'autres dans l'avenir.

A moins que la finalité de la vie ne se traduise dans l'esprit portugais comme un plaisir et qu'avec la croyance dans l'au-delà, scellée en eux, la mort leur était apparu comme la continuité d'un autre monde et avec vraisemblance comme une source de joie et d'espoir après le chagrin et la perte d'un être cher.

Alberto eut aimé, lors de ses réflexions sur le sujet, avoir le même sentiment d'approche, et avoua avec regret ne pas l'éprouver avec tout le respect et l'amour méconnu aux yeux de Maria sa grand-mère.

Dès sa première visite par le tramway 28, qui bringuebalait et ferraillait sur les rails le long du parcours tortueux, en marquant une pause lorsque par hasard la voie était encombrée sur son passage jusqu'à cet endroit du terminus, où le tramway pour une demi-heure, stationnait en face de l'entrée principale du cimetière « Des Prazeres »(Plaisirs). Une grande voûte sculpturale s'imposait, et de cet endroit on apercevait dans chaque allée bien dessinée les hauts sapins verticaux qui ressemblaient à des spectres au garde-à-vous, alignés comme les gardiens vigilants de chaque tombeau, de chaque caveau, avec derrière les vitres aux petits rideaux ajourés l'apparition d'une urne funéraire. Donnant ainsi la sensation d'une éternelle présence du défunt, et contrairement à ce qu'on pouvait imaginer à la lecture de ces constats, à la vision de ces faits, la tristesse ne devait pas avoir la même consonance pour les membres de chaque famille concernée.

Après avoir la première fois demandé quelques renseignements à l'accueil, concernant des personnalités d'écrivains inhumés à cet endroit, Alberto se mit à rêver à ces hommes d'écriture dont plusieurs avaient son admiration, et parmi eux : Antonio Tabucchi le plus portugais des italiens et ses superbes romans : « Requiem » « Pereira prétend » situés souvent dans une Lisbonne étouffante en plein été, ainsi que José Cardoso Pires, pour son journal de bord relatant la vie et ses impressions intimes sur les différents quartiers de sa « Capitale ».

Alberto, se prit à imaginer sa conversation avec Muriel. Une idée qu'il ne cessait de formuler, de ressasser depuis quelques jours avec une réelle conviction, tout en étant tenaillé par le doute, puis accaparé par la possibilité, l'envie d'être plus proche d'Antonio. Si seulement il possédait la croyance de cette présence obscure dont l'ombre se défilait d'après lui dans une allée du « Prazeres ». Il en souriait par avance et intériorisait sa plaidoirie : « Tu vois, nous pourrions faire le nécessaire, ici, je me sentirais bien entouré, mieux qu'ailleurs, même si, je le sais, quelqu'un m'attend où tu devines toi aussi. Ces hommes de génie dont tu vois les noms inscrits ici avaient eu toute ma vie mon admiration, à côté d'eux il me semble que je ressentirais mieux le souffle de la grandeur, à moins que leur vanité, si elle existait chez certains d'entre eux, devait empêcher la passation d'un modeste flambeau. Ce dont je n'ose croire. Mais, qui pouvait s'avérer d'une triste réalité par rapport à l'image des hommes que l'on se fait sans trop bien les connaître, ainsi que leur humanité. Et, puis, il y a la proximité de ma filiation portugaise, cette famille inconnue qui a hanté mes pensées bien souvent, y compris en plein coeur de mes joies familiales, entouré de mes enfants. »

A ce sujet, Alberto attesta et confia qu'ils étaient sa

grande réussite au cours de sa vie, un symbole de fierté inégalable.

Au-dessus du « Prazeres » (Des plaisirs) le passage ininterrompu dans la journée des avions de lignes incite au voyage. Permet t-il encore à ceux qui ont les yeux reposés de rêver à de lointaines destinations ?

Leur évoque-t-il quelque escapade supposée au cours de leur sommeil profond, sur l'île de l'éternité ?

Tant de questions, comme beaucoup d'autres, dont Alberto aimerait obtenir la réponse.

Surtout, avec ce bruit d'enfer que causent les réacteurs à basse altitude avant l'atterrissage à l'aéroport, au nord de la capitale, où dans les terminaux encombrés et dans les halls d'attente, la vraie vie se bouscule et trépigne d'impatience dans un brouhaha indescriptible. Contraste saisissant avec l'endroit où il se trouvait, où le vent entre les tombes devenait le seul bruit perceptible, dans un sifflement rendant flexible les cyprès.

Alberto entendit d'ici la réaction de Muriel : « Qu'est-ce qui te prend, Alberto, c'est ta « Saudade » en ce moment, si nous évoquions des choses plus réjouissantes, tu ne crois pas que ce serait préférable ? » Et, à Alberto d'avouer : « Je te l'accorde, revenons davantage à l'évocation de nos plaisirs terrestres, il sera toujours assez temps... » Et, à son tour, à Muriel d'ajouter : « Enfin, tu retrouves ta raison d'espérer, il était temps que j'arrive ! »

Sans rien ajouter il eut un sourire discret qui avoua sa défaite, et pour éviter comme en boxe, le round de trop, il jeta « l'éponge » et une fois de plus, il s'aligna devant les paroles de sagesse émises par Muriel au moins pour un certain temps.

N'avait-elle pas aussi la raison de son âge avec quinze ans de moins par rapport à Alberto ?

Elle voulait sans arrière-pensée qu'il reste jeune, tout en devinant avec lucidité les attaques du mal par instants, et de là son ambition de le suivre par une décision qu'elle avait prise non sans difficulté.

Et, lui de son côté, évita de penser à l'expression connue : « le naturel finit toujours par revenir au galop ».

L'heure venue, il remonta dans le tramway 28, et s'installa sur un siège proche de la vitre qui donnait sur le côté droit de la voie.

Du cimetière des Prazeres, sur la ligne du retour, il suivit les sinuosités qu'empruntait le tramway le long des quartiers et des rues pavées, étroites, avec chaque fois l'impression à tout instant de frôler les trottoirs. Il donna à Alberto la tentation tactile de toucher avec sa main la pierre des immeubles que le tramway aborda à quelques centimètres d'eux dans son tangage ferrailleur. Entraîné dans un espace vertigineux et crissant vers le quai de Sodré jusqu'à la place du Commerce, Alberto termina son périple, heureux de l'avoir effectué, seul, aujourd'hui, d'avoir pu quelques moments intégrer le quotidien d'un « lisboète » et d'avoir connu le frisson d'un homme aimant sa ville, entouré du mystère de ses quartiers typiques et labyrinthiques.

Soulagé et conforté par la prochaine arrivée de Muriel il se mit à se projeter dans un futur proche, et surtout à écarter les raisons de son pessimisme.

Bien assidu à son bureau, il remontait le temps, les années en étoiles filantes, les années de jeunesse à l'impression stagnante, et il tentait à présent, à l'aube de l'automne de sa vie, d'en freiner leur fuite sur des carnets de moleskine noire.

A cet endroit, chaque matin, après un petit déjeuner simple mais gourmand, apporté par les soins de Joanna, il s'épanchait sur la phrase, la cajolait, l'épurait, le crayon à papier à la main et ne lâchait que lorsqu'il avait considéré sa concision, sa simplicité, une aisance de compréhension.

A coté de lui, comme un soutien moral ou une aide à

l'inspiration, deux ou trois ouvrages essentiels : « La correspondance de George Sand et Flaubert, le premier roman de Philip Roth, et un indispensable dictionnaire, avec celui des synonymes ».

Débarrassé de toute contrainte matérielle, il en avait les moyens, Joanna l'aide- ménagère venait quelques heures par jour, qui pour gagner décemment sa vie faisait plusieurs maisons au quotidien, commençant tôt le matin et finissant tard le soir.

Elle avait une petite fille, au prénom de Sofia, que sa maman âgée gardait pour permettre des économies de garderie. Quant à son papa comme beaucoup de portugais auparavant, il travaillait dans le bâtiment comme maçon.

Joanna ne se plaignait jamais, et arborait toujours le sourire avec un mot gentil à chaque fois qu'elle franchissait le seuil de l'appartement.

Alberto appréciait sa bonne humeur, son courage face à la vie difficile qu'elle subissait, conscient lui-même du privilège de la situation qu'il avait toujours rêvé de mener en avançant en âge.

Une fois Muriel, de nouveau auprès de lui, il appartiendra à la sagesse de l'âge d'en préserver l'optimisme, et d'apprivoiser la douceur des choses avec le regard plus intense sur les couchants du soleil, sur leurs éclats ocrés, et l'incandescence du ciel, comme une promesse d'autres matins, d'autres crépuscules, même s'ils deviennent annonciateurs d'un chemin plus court.

Alberto, attendait avec quelque impatience, à bord d'un taxi réservé à l'avance, l'arrivée du vol d'A.F. en provenance de Paris et qui accusait un retard d'environ vingt minutes.

Le terminal 2 de l'aéroport de Lisbonne, grouillait d'une foule bruyante avec le brassage et les disparités de couleurs dans cette fièvre humaine qui poussait les chariots de bagages souvent conséquents avec pour destinations l'Europe et certains pays d'Afrique, dont les anciennes colonies portugaises.

A l'extérieur il faisait un temps, gris, couvert, et l'humidité dégageait comme un épais brouillard aux alentours des tours d'habitations, aux étages qui touchaient presque le ciel et qu'on discernait à peine.

A l'intérieur du terminal 2, un bruit sourd permanent s'intensifiait à cause des décollages d'avions successifs pour des destinations qu'Alberto visionnait sur le tableau des départs.

Et, en pivotant sur lui-même, il n'avait qu'un regard préoccupé sur le tableau des arrivées, vérifier si le retard du vol de Paris était toujours signalé ou réduit par hasard.

Les yeux rivés sur le vol AF.To4639, il voyait déjà apparaître Muriel et jamais son désir n'avait été aussi vif de l'accueillir lorsqu'il entendit que l'avion AF.To4639 en provenance de Paris Roissy Charles de Gaulle venait de se poser au sol.

Devant lui, Muriel apparut radieuse, traînant sa valise à roulettes, dans la file qui venait de satisfaire aux multiples contrôles d'arrivée dont la rigueur l'étonna, avec les voix fortes des employés jusqu'au passage du portique, comme s'il s'agissait d'une intervention en face de malfaiteurs ou trafiquants.

Enfin, Muriel se jeta au cou d'Alberto, ravie d'être libérée de tels contrôles au terme de minutes insupportables, malgré la reconnaissance d'utilité du plan de sécurité.

« Je te vois en forme, et tu as meilleur visage, Alberto !

– Heureuse d'être près de toi, même si j'ai beaucoup réfléchi.

– Moi, aussi, je t'attendais, ne doutant pas de ta décision finale. »

Dehors, ils s'engouffrèrent dans le taxi en attente, prévenu au préalable du retard de l'avion, et à vive allure, glace baissée coté chauffeur, ils ressentirent à peine le froid dans l'habitacle et ne virent encore moins défiler les larges avenues de Lisbonne, dont la plus longue, l'Avenue Almirante Reis, où lors de leur première visite ensemble, ils étaient descendus à l'hôtel pour un week-end prolongé de quatre jours exceptionnels.

Arrivés à la destination finale, dans l'Alfama, au seuil de l'immeuble peint d'un jaune canari, ils furent surpris car la rapidité du parcours eut raison de leurs yeux éblouis qui ne se quittèrent pas, d'un amour retrouvé ayant eu pour cause une indispensable, mais trop longue séparation.

Le temps de déposer les bagages de sa compagne à l'appartement et de lui présenter les pièces de sa future vie, le taxi attendit une nouvelle fois, au courant de l'autre destination pour le couple, place du Rossio (Dom Pedro IV) ainsi baptisée depuis 1971.

Là, Alberto avait réservé au café Nicola une table pour deux, dans un endroit de la salle en toute intimité dans le cadre rétro de l'établissement sous les globes de lumière, entourés des murs peints aux tableaux d'un prestigieux passé.

Accueillis par Fernando, le seul qui parla quelques mots de français avec son accent portugais, en tenue de smoking et noeud papillon, il fut d'une extrême amabilité et courtoisie, et ne put avec discrétion s'empêcher de jouer de son charme en face de Muriel pour qui il eut toute la soirée la plus vigilante attention.

Alberto, non jaloux, s'amusa du numéro de séduction de Fernando et reconnut aussi le parfait service, la compétence du maître de salle dont il avait fait au préalable plus ample connaissance.

Fernando fut sans aucun doute surpris par le charme et la cinquantaine épanouie de Muriel, et de surcroît en compagnie d'un homme vieillissant dont le corps et le visage subodorait l'atteinte du poids des ans.

Avec intelligence et l'expérience des années dans ce type d'évènement, il sut faire face à la situation et se montra irréprochable dans son service toute la soirée sans tomber dans le piège de l'obséquiosité.

Il pensait d'autant plus à la largesse du pourboire qu'il pouvait obtenir de la part du couple, au moment de présenter l'addition.

Au cours du repas, le couple échangea beaucoup, se prenant par moment la main, un discret baiser venant parfois conclure le propos.

Alberto mit à contribution la mémoire de Muriel au cours du dessert : « Tu te souviens de notre première visite à Lisbonne où nous étions descendus à l'hôtel C. Avenue Almirante Reis ? »

Et, Muriel de répondre avec spontanéité : « Fort bien, si je m'en souviens ! Même que nous entendions tard dans la nuit les sirènes d'ambulance, comme à l'américaine, filer à toute allure vers l'hôpital à proximité, d'où nos réveils parfois brutaux.

– Mais c'est tout ce que tu as retenu, ajouta Alberto. L'accueil très agréable, la difficulté par contre de s'exprimer en français ! Cela, je te l'accorde, fit Alberto. Sinon, un hôtel confortable avec des petit-déjeuner au buffet somptueux, où les touristes allemands, néerlandais et espagnols, se goinfraient à notre étonnement, nous français, moins gros mangeurs matinaux, et surtout une gêne à reprendre plusieurs fois le petit-déjeuner comme si nous étions des êtres en manque depuis des jours.

– Et puis, précisa Muriel plus positive, notre marche régulière le matin en quittant l'hôtel comme si nous étions intégrés depuis longtemps dans la capitale, sortant de notre lieu d'habitation avec la connaissance des commerces tout au long de l'Avenue. »

Nous descendions avec tranquillité l'Avenue Almirante Reis, jusqu'à la Place Martim Moniz, où de chaque côté nous observions l'implantation de métiers différents, d'enseignes variées, et parmi eux de nombreux asiatiques.

A un endroit concentré, nous avions l'impression d'un unique quartier chinois établi.

Réflexion, qui de notre part n'évoquait nullement un propos raciste.

D'autres immeubles indiquaient des plaques de professions libérales, avocats, médecins, et la présence d'un milieu plus bourgeois au coeur du quartier.

Une marche à pied salutaire, où nous croisions les gens du quartier dans l'ensemble populaire, et devant l'église au milieu de l'avenue, de l'autre côté, nous avions un regard discret vers les sans domicile fixe qui avaient passé la nuit sur les bancs du square. En nous disant qu'en Europe, dans toutes les capitales, les grandes villes régionales, où la misère creusait son chemin, la question se posait sur la volonté politique pour réduire ce fléau.

Là aussi, un genre de Samu social venait à leur secours pour donner à ces hommes et à ces femmes une dignité humaine.

Durant notre séjour, certains matins, nous prenions le bus 711, à quelques pas de l'hôtel pour rejoindre la place Martim Moniz, et le soir nous l'attendions proche du centre commercial de la Mouraria, fatigués après notre journée de pérégrinations.

Chaque matin, arrivant Place Martim Moniz, nous regardions sur la hauteur, en direction des remparts qui encerclaient le Château Saint-Georges, où le drapeau national flottait au vent paré de ses belles couleurs rouge et verte avec son emblème central couleur or.

Toujours comme des bons marcheurs nous traversions la place Da Figueira, la rencontre des lisboètes de toutes origines exerçant toutes sortes de petits métiers, allant du cireur de chaussures au vendeur de billets de loterie, tout un monde hétéroclite qui surprenait.

Arrivés Place du Rossio, que tu aimais en particulier, nous faisions le tour dans un premier temps pour rejoindre la Baixa et le Chiado, autres quartiers où nous prenions souvent un café, Rue Garrett, en fin de matinée, au « Brasileira » mêlés à la foule en terrasse et au bruit des tramways qui s'arrêtaient à la station place Camoëns.

Le Rossio, où dans l'après-midi, tu t'asseyais sur un banc, pour observer la vie agitée de Lisbonne, et de temps à autre, tu écartais ton regard à la vue de la mendicité, contrôlée par les policiers qui effectuaient leur ronde.

Sur le coup de 13 heures, nous décidions de nous restaurer, en général dans un endroit modeste, dans une de ces rues de la ville basse (Baixa) à la clientèle populaire, au décor intérieur simple, aux tables dressées avec une nappe de couleur en papier, et où nous choisissions un plat du jour, selon la proposition sur l'ardoise ; des sardines grillées ou le plat national, composé de morue, (Bacalhiau) pommes de terre, avec l'assaisonnement à base d'huile d'olive, et le dessert incontournable, ces petits flancs appelés (Pasteis de Nata) très sucrés, mais au goût savoureux.

« Les quatre jours passés ici, il y des mois, m'avaient plu, confia Muriel sous le regard attentionné et étonné d'Alberto, je découvrais pour la première fois la capitale du Portugal, et ce fut une belle surprise, tu peux en être convaincu.

– Impressionnante, ta vision personnelle des choses vécues, les détails de nos parcours, leurs descriptions, j'en suis ravi, et n'imaginais pas un tel enthousiasme de ta part. Merci, pour ce bonheur verbal », fit Alberto, ému.

La première nuit où Muriel dormit à l'appartement que lui présenta Alberto avec la conviction d'en faire pour elle un nid de bonheur, il se réveilla, angoissé, deux fois au cours de cette même nuit, avec une mauvaise impression faisant suite à un rêve cauchemardesque dont il n'aimât pas l'aboutissement. Comme une sorte de pressentiment qui plana avec le vol d'oiseaux de mauvais augure, tournoyant sans cesse avec des cris perçants, comparable à ceux des pies ou des corbeaux que de tout temps il avait en horreur.

Seul, réveillé de ce fait plus vite qu'à l'accoutumée, ayant réfléchi à plusieurs problèmes qui pourraient se poser, il eut conscience de la nécessité d'une période d'adaptation plus ou moins longue pour Muriel, et pour cela elle pouvait compter sur lui afin de concrétiser la réussite de leur bonheur à Lisbonne.

Il comprit aussi qu'un changement de vie, même en compagnie de l'être qu'on aime pouvait provoquer une déstabilisation importante, proche parfois d'une profonde solitude par rapport au déracinement de son propre pays.

La solitude dans l'esprit de l'être humain peut revêtir différentes formes, multiples sensations selon sa sensibilité personnelle, et bien entendu les causes réelles qui aboutissent à cet état de fait, certains constats dont nous voulions ignorer la présence, ou nous croyions avoir la force suffisante pour les contenir à distance, sans oser un seul instant, penser que nous sommes vulnérables.

Alberto entendit les pas de Muriel proche de la salle de bains. Elle avait dû se donner un coup de peigne avant d'apparaître en face de lui, comme elle le faisait d'habitude, depuis qu'ils vivaient ensemble, une décennie, après leurs bouleversements réciproques dans une vie qui ne les avaient pas ménagés.

Dehors, le quartier s'éveillait avec les premiers bruits, les voix tonitruantes des hommes, les appels vibrants des femmes, et dans toute cette agitation matinale le ciel bleu limpide dévoilait sa totale sérénité et l'air déjà chaud annonçait une journée de printemps en avance sur les températures de l'été.

La fenêtre entrouverte, Alberto attendait assis sur un

tabouret et accoudé au plan de cuisine conçu au milieu de la pièce dans un vaste espace clair, avec devant lui dans une assiette joliment décorée des « Pastéis de Nata » (petits flancs sucrés) dont raffolent les portugais, gourmands, et avides de sucreries.

Il n'avait pas terminé de boire son café lorsqu'il pressentit son arrivée et l'entendit fermer la porte de la salle de bain. Il voulut pour la première fois dans le nouvel appartement du quartier de l'Alfama partager un moment inoubliable de leur nouvelle vie ; quelques minutes de joie éphémère qu'il eut souhaité constante pour les jours à venir et les heures partagées chaque jour dans l'inconnu du futur.

Aujourd'hui, il présentera à Muriel, Joanna, qui venait tous les jours pendant sa période solitaire, pour le petit-déjeuner, le repas du midi, et le ménage, hormis certains soirs, lorsqu'il n'avait pas envie de dîner, ou selon l'avancée de son travail de texte : Un paragraphe, une phrase qui le titillait, suffisaient pour qu'il prolonge la soirée à son bureau jusqu'au point de satisfaction.

Alors, un sandwich lui suffisait, et un léger dessert, accompagné d'un verre de vin rouge.

Muriel rencontrera aussi Sofia, sa fille de cinq ans, une adorable enfant, belle et souriante, dont la naissance difficile confiée par Joanna, ému Alberto. Le contact avec Sofia fut très rapide, comme il pouvait l'être en général avec les enfants dans l'élan de leur spontanéité.

Pour elle, lors de ses visites avec Joanna, sa maman, Alberto avait acheté quelques jouets et des livres illustrés d'animation pour son âge. Aussi lui avait-il réservé un emplacement où très absorbé par son environnement et les jouets à sa disposition, personne n'avait l'impression de sa présence.

L'attitude de Sofia rappelait à Alberto son enfance, garçon calme, où sa mère travaillant comme gérante dans un commerce, l'emmenait tôt chaque matin pour l'ouverture, et le temps pour elle de remonter le rideau de fer de protection des vitres, il la regardait sans bouger de la caisse où elle l'eut assis, avec parfois la crainte qu'il tombe sur le sol carrelé en faisant un écart.

Sofia lui remémorait également la douloureuse décision qu'il avait dû prendre par le passé pour préserver la santé de sa femme à l'époque, un avortement conseillé, dont il avait toujours pensé que sans cet acte nécessaire, il aurait pu connaître la joie d'avoir une autre fille, autour de ses garçons qui faisaient déjà sa fierté.

Muriel apparut, un léger sourire éclaira son visage. Elle vint déposer un baiser furtif sur sa joue.

« Tu as bien dormi ? fit Alberto.

– Pas trop mal, mais assez tard, à cause des questions que je me pose.

– Quelles questions t'embarrassent ?

– Tu sais, c'est formidable d'être là avec toi, mais vais-je m'adapter à cette nouvelle vie ?

– C'est ta crainte vraiment ? s'inquiéta Alberto.

– J'ai depuis mon arrivée, sans t'en parler pour ne pas t'inquiéter, des bouffées d'angoisse à cette idée.

– Il te faut du recul, laisse faire le temps, toutes les conditions ne sont-elles pas réunies pour que tu sois heureuse ?

– C'est vrai, tu as fait les choses comme un sans-faute dans leur finalité, Alberto.

– Alors, c'est lié à quoi, cette angoisse ?

– Le vide que je ressens, malgré la beauté de Lisbonne, l'accueil chaleureux des Portugais, l'appartement qui me plaît, c'est intérieur Alberto, et indéfinissable.

– Je pense, dit Alberto, qu'il faut être patiente, tu as besoin d'adaptation par rapport à moi qui vit ici depuis des mois, non ?

– Je crains de ne pas maîtriser la langue, car le français est peu parlé ici, et mon anglais est par ailleurs très limité.

– Eh ! bien, tu prendras des cours pour te sentir plus à l'aise ! »

Muriel resta percluse dans son silence suite aux propos d'Alberto.

Et Alberto, sur ces quelques paroles, s'enquît de servir le café, avec le jus d'orange et mit dans une assiette, en dehors du pain, les flancs sucrés qu'elle aimât.

A partir de cet instant, Alberto pressentit, qu'un réel obstacle se présentait et qu'il fallait le contourner. La présence de Muriel à Lisbonne s'il ne trouvait pas de solution pour la retenir lui sembla compromise, sans tomber dans un pessimisme ambiant.

Joanna sonna deux fois comme elle le faisait tous les jours, sachant qu'Alberto était chez lui, Muriel apprêtée se dirigea vers la porte d'entrée pour lui ouvrir, curieuse de faire sa connaissance.

Elle accordait une confiance totale à l'homme qu'elle avait choisi pour reconstruire sa vie, mais son caractère ne pouvait s'éloigner de certains moments de jalousie.

La vie qu'il mena loin d'elle pendant plusieurs mois ne fut pas sans certaines interrogations de sa part, même si elle avait conscience des difficultés physiques d'Alberto, suite à la maladie.

Un jour avant de partir à Lisbonne, comme ils s'étaient mis d'accord, il lui dit avec humour : « Ils m'ont avec leur traitement, dépersonnalisé, même l'acte sexuel a quitté mon esprit. Avant d'ajouter : seul mon regard d'homme, peut encore éprouver quelque plaisir face aux belles choses de la vie. »

Joanna se trouva soudain en face de Muriel. Toutes les deux, arborèrent un sourire de circonstance, un sourire de première rencontre où Joanna parut plus naturelle au moment des présentations.

« Bonjour Madame, je suis Joanna, l'employée de maison, engagée comme vous devez le savoir par votre mari il y a quelques mois depuis son arrivée à Lisbonne.

– Bonjour Joanna, entrez, je vous en prie, bien entendu que j'étais au courant par Alberto, d'ailleurs il ne manque pas d'éloges à votre égard !

– Oh ! Madame, c'est un bien brave homme », soupira Joanna.

Elles étaient, face à face, debout, dans l'entrée du couloir, et chacune sans en donner l'impression observait l'autre, en se posant chacune la question sur la sincérité des propos qu'elles tenaient ayant encore une trop faible connaissance réciproque.

Joanna, gênée, répondit : « Votre mari n'est pas compliqué et exigeant dans la demande du travail, fit-elle.

– Cela ne m'étonne pas, précisa Muriel, il a un caractère très souple et simple, et puis jusqu'à présent, mis à part le ménage d'un homme seul, le petit-déjeuner, je crois, la cuisine pour le midi, et des courses je me doute, cela dû être sans inconvénient pour vous.

– Eh ! bien, sans problème, madame, et en plus, monsieur Alberto est heureux quand j'emmène quelquefois ma fille, avec sa permission, les jours où mes parents âgés ne peuvent pas la garder.

– En effet, fit Muriel, Alberto, m'a parlé de Sofia, qui a cinq ans, et il m'a bien dit qu'elle était adorable !

– Oui, madame, c'est une enfant facile, tant mieux car je suis seule à l'élever, son père n'ayant pas voulu la reconnaître.

– Hélas, trop d'hommes encore sont lâches, Joanna, j'y pense, voulez-vous prendre un café avec moi ?

– Avec plaisir, je veux bien madame, j'aime beaucoup le café (Uma Bica, dans notre langue). »

Et toutes les deux rejoignirent l'endroit du plan de travail, dans la cuisine, où elles prirent assise sur de hauts tabourets de bois clair, leur premier café ensemble, ravies semble-t-il en quelques minutes du contact teinté de convivialité.

Nul doute, que Muriel fut sensible à l'évocation franche de la vie personnelle de Joanna, gardant son émotion pour elle, lorsqu'il arrivait de souligner la présence parfois de Sofia sa fille.

Par son ancien métier d'aide-sociale en France, Muriel comprit d'autant plus la situation difficile certains jours de Joanna.

Elle avait d'ailleurs continué à titre bénévole, à s'occuper au sein d'une association, de femmes en difficulté et même dans certains cas en profonde détresse.

A ce sujet, heureuse de retrouver Alberto à Lisbonne, dans un appartement qui lui avait plu au premier coup d'oeil, et de la connaissance qu'elle avait déjà de la vie dans la capitale portugaise, la pensée qui l'effleura, et concerna son activité de bénévolat dont elle n'était pas sûre qu'elle ne lui manquerait pas.

Joanna s'apprêta à quitter Muriel et la remercier pour son accueil, quand elle lui dit avec spontanéité et assurance : « Vous verrez, madame, vous allez vous plaire à Lisbonne ! »

Et à Muriel d'ajouter : « J'espère, malgré ma crainte avec la langue portugaise. »

Joanna, étonnée, rétorqua :

« Vous êtes une femme cultivée, madame, vous devez être à l'aise aussi en anglais, le français étant peu parlé à Lisbonne depuis quelques années !

– Mais, justement, non, Joanna, il faudrait que je reprenne des cours, vous voyez ?

– Une dame de votre classe, je crois que vous pourrez vous instruire encore sans problème, ce n'est pas comme moi qui ait quitté l'école très tôt !

– Merci, Joanna, c'est gentil de penser ça, je souhaite que

vous ayez raison, en tout cas je vous attends demain, on verra pour l'emploi du temps ! »

Joanna prit congé, et avant de quitter l'appartement dit : « Je vous présenterai Sofia ma fille, si vous voulez, mes parents doivent aller à l'hôpital pour un suivi toute la journée.

– Bien sûr, Joanna, je lui préparerai un bon dessert, je serai contente de la voir.

– Merci, madame, vous êtes trop bonne, alors à demain, et bonjour à monsieur Alberto.

– N'ayez crainte, je lui dirai, fit Muriel.

– C'est sur son insistance que je dis Monsieur Alberto.

– Bon, Joanna, pas de souci, s'il vous l'a dit !

– A demain, madame, et bonne soirée à tous les deux.

– Merci, Joanna, à demain, j'ai hâte de voir Sofia. »

Quelques instants plus tard, Alberto, fit irruption dans l'appartement, le sourire aux lèvres, radieux des heures passées dans le cadre de ses recherches, après avoir parcouru à pied le centre de la Baixa, et s'être arrêté au siège du Sporting Club Portugal, le club de football, Rua Augusta, dont il soutenait les couleurs, les verts et blancs, en opposition au Club Benfica, les maillots rouges, malgré les plus grandes célébrités comme Eusebio, et le palmarès éloquent.

« Tu as dû croiser, Joanna, questionna Muriel.

– Non, pas du tout, pourquoi, tu l'as rencontrée ?

– Elle sort d'ici, il y a cinq minutes, Monsieur Alberto !

– Ah ! Je vois, elle t'a racontée !

– Il fallait qu'elle le cache, peut-être ?

– Non, je ne me voyais pas sans arrêt l'entendre m'appeler Monsieur Pexeiro, un point c'est tout !

– Tu as sans doute raison, c'est une belle femme, et agréable !

– Je ne dis pas le contraire, mais il ne peut rien avoir entre elle et moi, si c'est ton insinuation ?

– Excuse-moi, j'oubliais ton détachement vis-à-vis des jeunes femmes.

– Merci pour ta délicatesse, je n'ai pas eu une seule fois l'idée de te tromper !

– Vivre seul, depuis des mois, voilà, après sa rencontre... Et Sofia...

– Tu fais fausse route, j'essaie avant tout de poursuivre le reste de ma vie dans un pays que j'aime.

– Et nous étions d'accord sur ma volonté de contrebalancer le destin par rapport à celui de mon père.

– Pardonne-moi, je reconnais, d'ailleurs demain Joanna viendra avec sa fille, et nous verrons ensemble des nouveaux horaires pour son emploi du temps.

– Eh ! bien, parfait, tu vois, je suis sûr que toi aussi tu auras le coup de foudre pour la petite, et que vous vous entendrez bien sans arrière-pensée !

– Possible, j'ai besoin de recul, et d'imaginer ce qu'aurait pu être une autre vie en voyant sa fille. »

Alberto, à l'écoute des paroles de Muriel comprit à quoi elle faisait allusion, elle aurait aimé avoir avec lui un autre enfant, mais lui n'en désirait pas pour des raisons qui remuaient trop son passé. »

Un peu plus tard, assis dans le salon, le regard en direction de son bureau, ses cahiers d'écriture, ses livres en nombre superposés à sa droite lorsqu'il y travaille, Alberto pensa à sa jeunesse, à la solitude qui parfois remplissait ses jours dans le vaste appartement pour deux, en l'absence de sa mère surchargée de travail chez les autres. Le paradoxe, qui fit qu'il aimait la résilience de ces moments, qui eurent parus pour d'autres personnes, angoissantes, mais dont il conserva toute sa vie les images d'instants de bien-être.

L'image de l'enfant calme qu'il était, dans la pièce qui donnait sur la cour intérieure où il jouait le solitaire, et la vue du grand sapin malmené l'hiver par les vents forts, conscient très tôt de la pénibilité du travail au quotidien de sa mère Marceline.

Sa mère, qui dans sa jeunesse avait connu l'aisance, l'affection du couple parental, loin de se douter que plus tard elle subirait chez les autres de réels affronts, adoubé par l'arrogance des nouveaux riches, à part quelques exceptions, où la gentillesse la rendit plus nuancée sur le sentiment de mépris qu'elle avait à leur égard.

Et puis, des années plus tard, jeune adulte, marié à Elise son amour de jeunesse, et récent papa d'une fille prénommée Michèle, il eut des bonheurs simples avec elle, la promenant dès qu'il le put vers les remparts du bord de mer où ils habitaient à l'époque. Il revit dans le film de sa mémoire les yeux clignotants de Mi-Mi (Michèle sa fille) et son sourire amusé lorsque la violence du vent, et le souffle de la mer au moment des marées venaient à cause de ses petites jambes contrarier la progression de sa marche.

Souvent, ils éclataient de rire tous les deux, et aussitôt il la prenait dans ses bras pour la rassurer et elle inclinait sa joue contre la sienne comme admirative de l'affection de son père.

Une autre fois, un soir tardif, pour rallier le domicile de la grand-mère, le passage des écluses avec Michèle dans sa poussette, habillée à la hâte, recouverte en plus avec la veste de costume de son père, de peur qu'elle prenne froid, tout au long du parcours de plusieurs kilomètres qui séparait les deux domiciles.

Un souvenir plus récent occupa son esprit, la vision de ces enfants à qui il faisait la lecture dans quelques écoles et maisons de quartier, pour tenter avec d'autres bénévoles de leur faire partager leur amour des livres, des histoires, qui les projettent dans le rêve immédiat et qui plus tard sera vécu comme un enrichissement personnel.

Des prénoms lui revenaient à l'esprit : Pauline, Morgane, Clara, Gabin, Valentin, et bien d'autres, où à la pensée de ces enfants l'émotion le gagnait comme un baume au coeur et la joie de les avoir connus.

De la cuisine, Muriel l'interpella : « Alberto, tu veux manger quoi, ce soir ? La voix d'Alberto, émergea comme sortie d'un brouillard : « Au fait, j'ai oublié de te dire, nous dînons à la brasserie Nicola, ce soir, au Rossio », clama-t-il.

« Tu ne m'avais rien dit, sans doute le trouble depuis la visite de Joanna !

– Tu recommences, l'interruption de jalousie n'aura pas durée longtemps !

– Je te taquine, c'est tout, au fait, il est toujours là, Fernando ?

– Tiens, ça t'intéresse, je vois qu'il t'a marquée.

– Comme d'autres femmes je pense, il est bel homme, et a beaucoup de délicatesse.

– Ce n'est pas faux, mais n'oublie pas qu'il exerce un métier, très lié à un rapport de clientèle.

– J'en suis consciente, il n'empêche qu'il a de la classe.

– Je ne te contredirais pas, car je l'apprécie aussi, ainsi que la manière habile de présenter ses services avec tact.

– Il a c'est indéniable le sens du commerce, et l'expérience au bout.

– Evidente, ton affirmation, et si nous allions le rejoindre pour qu'ils nous placent comme deux amants en goguette.

– Ma foi, pourquoi pas, je suis partante, à l'endroit idéal d'il y a quelques mois.

– Très bien, tu auras peut-être la surprise d'avoir beaucoup de monde autour de toi ?

– Je pense que tu as fait le nécessaire pour une table discrète où nous sommes davantage isolés du monde.

– En espérant que ton voeu soit exaucé, s'exclama t-il. Et, maintenant, si nous allions nous préparer, l'heure avance, sinon nous n'aurons pas la table désirée. »

Le temps d'un maquillage léger pour Muriel, du coup de peigne passé dans ses cheveux souples, et le changement de robe d'un bleu nuit qui seyait à son corps et à son teint, Alberto se tenait prêt le premier, ayant revêtu son blazer marron avec les ouvertures dans le dos, dont il aimât l'aisance et l'élégance du style.

Il apprécia d'autant plus le jour où il put, après des périodes de galère, s'offrir ce type d'habillement de marque qu'il ne devait qu'au mérite de son travail.

Arrivés tous les deux au seuil du café Nicola, où en terrasse le monde jouissait d'un début de soirée à la température estivale, et face à eux la griserie des couleurs qu'illuminait la place du Rossio avec au centre la statue de Dom Pedro V, le regard de Muriel et Alberto se porta vers le fond de la salle où les tables du restaurant dressées avec goût les incitaient avec empressement à s'asseoir. A connaître à nouveau, le bonheur d'un soir, où quelque révélation pouvait au cours de leur dîner intime s'ingérer dans la conversation, ne fut-ce que pour vérifier l'état de leurs sentiments, imprudence ou nécessité salutaire ?

Fernando, élégamment vêtu, smoking et noeud papillon, raide dans son attitude fière et teintée d'orgueil portugais, les attendait en inclinant la tête pour les saluer avec déférence.

« Bonsoir, madame, monsieur, ravi de vous revoir, madame », exprima-t-il à Muriel en s'efforçant de parler français avec l'accent portugais. Puis, il leur confia : « Je vous ai réservé une table où vous serez tranquilles, et... seuls au monde », ajouta-t-il avec malice.

« Merci, Fernando, nous sommes sensibles à votre accueil, souligna Alberto.

– Rien de plus normal pour nos clients, monsieur, je vous laisse vous installer à l'endroit désigné, voici la carte des apéritifs, à tout de suite pour votre choix. »

Et, Fernando se dirigea vers une autre table réservée, où deux couples se réunissaient dans une joie expressive évoquant d'une voix à qui voulait l'entendre, l'anniversaire d'une des femmes qui les accompagnaient. Avec l'aisance que nous lui connaissions, en professionnel exemplaire, Fernando leur apporta la carte des apéritifs et discuta des menus au préalable choisis.

« Obrigado » (merci), fit-il, à l'un des hommes qui lui susurrait quelque chose à l'oreille.

Il s'éclipsa quelque instant en s'appuyant sur le comptoir du bar et discuta brièvement avec un collègue, l'oeil du professionnel aux aguets en direction de la porte d'entrée, prêt à diriger et satisfaire les nouveaux arrivants de la soirée.

Le repas terminé, après une conversation prolongée, ils se levèrent de table, et l'instinct d'Alberto se rapprocha de la définition du mot « bonheur » persuadé du besoin qu'il se solidifie dans le temps, tout en lui rappelant sa fragilité.

Il était vingt-deux heures quand ils quittèrent le café Nicola après leur repas frugal et détendu, Fernando, en parfait chef de salle les accompagna jusqu'à la sortie en leur souhaitant une excellente fin de soirée et le plaisir de les revoir très prochainement dans l'établissement.

Une fois dehors, ils décidèrent de marcher, sans doute pour faciliter la digestion et dissiper les vapeurs du repas ; sur la place du Rossio illuminée ils s'attardèrent, heureux, au milieu de la nuit étincelante dans le ciel étoilé de Lisbonne, où au-dessus de chaque immeuble et de chaque monument historique, dont le théâtre, dans la moindre trouée entre les immeubles, s'extasiait la lumière encadrant toute la place comme auréolée d'un ensemble féerique.

Ils s'engagèrent ensuite vers la Rua Augusta, en direction de la place du Commerce, leurs mains par moments se serrèrent comme unis par un amour renforcé, et bientôt d'un pas allègre ils devinèrent l'approche du Tage, le mouvement impassible de ses vagues et de ses reflets, de son odeur d'océan, corrélés par le scintillement sur l'autre rive avec les lumières de Cacilhas, et du côté d'Almada par le sanctuaire dominateur do Cristo Rei (Statue du Christ Rédempteur à Rio, relié par le pont du 25 Avril, qui dans sa structure s'apparentait au Golden Gâte de San Francisco)

 Ils prirent le tramway 28, place du Commerce, bondé de monde en direction de l'Alfama pour regagner l'appartement situé Rua du Belvédère, derrière la cathédrale (La Sé) à quelques centaines de mètres du mirador de Santa-Luzia.
 Fenêtres ouvertes, avec des gens debout qui s'accrochaient aux lanières de maintien fixées au plafond du tramway, ils vacillaient de part et d'autre, leur corps épousant les sinuosités du parcours et les redémarrages après chaque arrêt aux stations.
 Par moment, les ralentissements du tramway 28 donnaient aussi l'impression d'un état mécanique à bout de souffle, et comme s'il plaidait coupable de son attitude inquiétante, il repartait d'un bond les roues grinçantes sur les rails, bringuebalant, et crissant dans les virages, aux endroits abruptes, et reprenait son accélération comme ayant retrouvé son second souffle à mi- pente, dans un éclair de jeunesse retrouvée.
 A cet endroit, déjà, nous parvenaient les échos de joie qui se propageaient dans toutes les rues de l'Alfama, et qui célébraient dès le mois de juin, et pour l'ensemble du mois, à grands cris et festivités programmées, la Saint-Antoine, patron glorieux de Lisbonne.
 Muriel descendit la première du tramway et attendit Alberto à quelques mètres de l'immeuble où ils résidaient désormais ensemble.
 Elle parut survoltée, à l'écoute attentive de l'ambiance festive que les échos amplifiés de la musique et les cris venus des rues populaires développaient, et où s'infiltrait

l'incontournable nostalgie montante du fado, comme un nuage suspendu qui avait intronisé les miasmes du bonheur.

Alberto, l'ayant, rejoint à sa descente du tramway, proposa : « Tu veux qu'on fasse un tour à la fête populaire avant de rentrer à l'appartement ?

– Oh ! Je veux bien, pour vraiment découvrir ce qu'est la Saint-Antoine à Lisbonne ! »

D'une façon plus prolongée que prévue initialement, ils firent durer le plaisir assez tard dans la nuit, se mélangeant avec les inconnus, des portugais du quartier, mêlés aux touristes étrangers, où le sourire et la joie de chacun n'eurent pas de frontière, avec qui ils sympathisèrent, le temps d'un verre, d'une danse, surtout pour M. libérée de toute réticence, et qui eut une petite faim à une heure du matin et mangea même des sardines grillées avec une envie décuplée.

Alberto s'amusa à la voir rayonnante, apercevant en face de lui une autre femme qu'il n'avait décelé, comme si elle avait vécue depuis des années au Portugal, et qu'elle avait côtoyé chaque matin les gens du quartier comme voisins, ou d'autres comme amis.

Il apprécia lors de ces instants sa faculté d'adaptation, et eut une pensée optimiste sur leur avenir à Lisbonne, sur le projet commun de réussir une autre vie qu'ils débutèrent en France.

Qui pourrait s'opposer à leur désir le plus cher ?

Mis à part l'inconnu du destin, il ne voyait pas quoi ?

Alberto posa son verre de Vinho verde (vin vert pétillant) alors que sa compagne entamait une discussion passionnée avec des français venus récemment s'installer au Portugal, séduits par la beauté du pays, l'accueil, et les conditions fiscales proposées, lorsqu'il aperçut venant vers lui une jeune femme blonde au visage qui lui rappelait quelque chose, mais dont il avait du mal à se remémorer le souvenir exact.

« Bonsoir, je suis Jennifer, l'américaine du Colorado, vous vous souvenez, lors du périple du tramway 12, pas loin d'ici, où je vous ai demandé le titre du livre que vous teniez dans votre main.

– Je me souviens, en effet, dit Alberto.

– Le monde est petit, n'est-ce pas !

– Bonsoir, c'est vrai, Pessoa, et Lisbonne revisitée.

– Je suis revenue, emballée, et cette fois pour plusieurs semaines.

– Vous avez trouvé dans le quartier pour vous loger ?

– Non, mais à un hôtel proche de Belem, Rua das Janelas Verdes, au York House, avec une magnifique vue sur le Tage.

– Je le connais de réputation, on dit même que Eça de Queiros, a écrit les Maia son célèbre roman à cet endroit, souligna Alberto.

– Je l'ignorais, ce que je sais, c'est que j'ai une grande chambre qui se nomme « Eça », fit-elle.

– Vous voyez, ça semble correspondre, à l'auteur des « Maia ».

– Sans aucun doute, je vérifierai, ajouta-t-elle.

– Heureux de vous revoir et de savoir que Lisbonne vous a rendu enthousiaste.

– Sans être indiscrète, vous êtes seul insinua Jennifer.

– Ma compagne est là, un peu plus loin, elle bavarde avec des français, elle m'a rejoint ici, il y a peu de temps.

– En tout cas, bonne soirée ou plutôt bonne nuit, clama Jennifer avec son charmant accent américain.

– Bonne nuit à vous, lança Alberto, et profitez bien de la capitale.

– Nous allons nous revoir, peut-être, sait-on jamais, glissa Jennifer.

– En trois semaines, cela ne me parait pas impossible, dit Alberto.

– Au hasard de mes parcours, fit elle, amusée et malicieuse.

– Par exemple, le bar-pâtisserie dans la montée vers la Sé près de la station du tramway 12 !

– Pourquoi-pas, il y a tant de belles choses à visiter, ou à l'Elévador Santa -Justa, pour le point de vue de nuit sur Lisbonne. »

A ces mots, ils éclatèrent de rire tous les deux, ce qui attira l'attention de Muriel dont le regard se porta dans leur direction, et qui vint vers eux avec une vive curiosité.

Alberto, fit les présentations : « Jennifer, américaine du Colorado, de Denver, je crois, très éprise de Lisbonne.

– Enchantée », fit Muriel, assez distante.

Alberto, reprenant la parole : « Ma compagne, qui depuis peu m'a rejoint pour vivre ici. »

Jennifer la salua avec sympathie, et s'adressant à Muriel : « Heureuse de vous connaître, je vous souhaite bonne intégration à Lisbonne. »

Muriel surprise, par ces propos encourageants, répondit : « Merci beaucoup, j'espère bien pour Alberto, m'adapter à notre nouvelle vie. »

Puis, Jennifer les salua tous les deux, ayant compris le sens de l'affirmation de Muriel et s'en alla rejoindre un petit groupe au centre de la rue, bientôt enveloppée par l'animation débordante et la bousculade de la foule en liesse.

Ils ne virent plus qu'un bras levé, au milieu de la masse des gens, tous occupés, y compris Jennifer, à danser avec frénésie et à boire sans limite.

Alberto regarda au même moment Muriel et ensemble ils semblèrent d'accord, vu l'heure très tardive et la fatigue accumulée, pour regagner leur appartement de la Rua du Belvédère, en se frayant un passage parmi la foule déchaînée, comme soulevée du sol par les rythmes musicaux.

Des hauteurs de l'Alfama, comme importée de la Mer de Paille et de ses reflets dorés par le scintillement de ses vagues, cernées par les rives du nord et du sud, la voix mélancolique du Fado s'éleva entre les ruelles, empourpra les façades lumineuses des immeubles, avec dans la nuit profonde comme un appel déchirant venu de l'âme de la chanteuse ; une femme vêtue de noir comme le veut la tradition, au corps et à la gestuelle qui ne cessent avec langueur de se mouvoir, les yeux fermés pour mieux assouvir la mélodie et rendre expressif le chant nostalgique.

Les jours d'après, Muriel fit connaissance avec Sofia, la fille de Joanna, âgée de cinq ans, dont la beauté typée de l'île de Madère, héritée de sa Maman et ses grands-parents, impressionna et plut à Muriel.

Subjuguée par l'enfant, Muriel ce jour-là, s'il n'y avait pas eu, la différence d'âge et le barrage de la langue (son ressenti ou complexe) pour développer la conversation, elles auraient pu toutes les deux, devenir de véritables amies, tant avec l'enfant exista de façon spontanée beaucoup d'affinités, où une connivence sans faille s'introduisit y compris dans les jeux proposés par Muriel, auxquels répondit avec une joie toute enfantine, Sofia, sous l'oeil ravi de Joanna, la maman.

Alberto discret, à la vue de ce premier contact et de ces amusements afficha une confiance décuplée quant à son avenir à Lisbonne, comme l'ouverture à des perspectives variées de loisirs, et ce qui ne le surprit pas, l'attachement aux enfants dont l'image des siens restés en France, et qui lui promirent à son départ de venir aux grandes vacances chaque année passer plusieurs semaines.

Les jours qui suivirent, une chose étonnante au regard d'Alberto, intervint, dans une courte période, mais positive à son idée, où Muriel lui indiqua avec conviction qu'elle éprouvait le besoin d'être seule, pour appréhender à son goût certaines visites de la capitale, et se promener dans les rues de Lisbonne et plus à l'écart afin de visiter différents musées dont elle ressentit l'attrait et une nécessité artistique compréhensible, dont faisait partie les musées incontournables à quelque distance du centre ville.

A son écoute, avant de quitter l'appartement, Alberto n'avait pas l'intention de contester ses intentions ; peut-être qu'à cause de quelques propos maladroits, il avait donné l'impression d'un homme brimant la liberté d'une femme, ce qui dans son esprit était loin d'être le cas.

Ce jour-là, Muriel prit le tramway 15 jusqu'à la Tour de Bélem, surplombant l'estuaire du Tage avec la vue impressionnante sur le pont suspendu, et prit le temps d'observer en vraie touriste, les quartiers inconnus à ses yeux. Au hasard d'une avenue, pour son agrément de fleurs, formant une voûte compacte dans les arbres touffus, elle admira la splendeur des jacarandas rayonnants sous le soleil.

A Ajuda, proche de Bélem, elle adora la visite du premier jardin botanique qui vit le jour sous la férule du marquis de Pombal, avec plus loin, l'excentrique Monastère des Hiéronymites, symbole de la puissance et de la richesse ancienne du Portugal, qui ne déplaisait pas dans sa provocation à Muriel, ce qu'elle rapporta à Alberto le soir même à son retour à l'appartement de l'Alfama.

Elle déjeuna légèrement le midi, dans un endroit envahi par de nombreux étrangers, dont beaucoup de chinois, très bruyants, acquis aujourd'hui à la domination du monde, et comme toujours, en groupe, pressés, l'appareil photo en bandoulière ou l'énorme caméra de cinéma pour filmer sans cesse, démonstration d'un monde en marche, hyperactif, avide de toutes les curiosités et aussi de la beauté à copier.

Elle prit son café, en hâte, et s'éclipsa, heureuse d'échapper à l'exagération touristique.

Sur le chemin du retour, elle ne put résister à l'approche du magistral Monument aux Découvertes, où il fallut qu'elle s'arme de patience pour approcher le musée des Navigateurs. Ainsi, de la journée, elle ne quitta pas les bords du Tage.

Des images fabuleuses scintillèrent dans sa tête, elle eut comme une prémonition insondable, qui lui dicta qu'il avait été préférable d'apprivoiser ces moments.

Les retenir quelque part, avant qu'ils n'aient l'audace de disparaître, comme des nuages en fuite, ne laissant plus aucune trace dans le ciel nimbé de lumière au-dessus de Lisbonne.

Un endroit de l'esprit, où put être une case secrète, impénétrable, et où une fine écriture eut inscrit : Souvenirs éternels.

Alberto, à son tour, explora son passé à une période bien précise. Ce qui l'obligea à le faire, tenait du nouveau comportement de Muriel depuis son arrivée. Il était surpris par autant d'indépendance affichée, ce qui était le contraire de son caractère, tout au moins ce qu'il croyait savoir d'elle en quelques années.

D'un autre côté, cela lui permettait sans trop de questionnement de se rassurer quant à l'adaptation de Muriel à l'avenir, dans un pays où elle avait certaines choses essentielles à apprendre pour s'intégrer, à commencer par la langue qui était sa réelle inquiétude.

La Solitude d'un Homme

Alberto, songea à la période de Carteret, de son besoin de solitude à l'époque, d'évasion totale, il aurait dû chercher le réconfort davantage auprès de ses enfants, d'amis sûrs, mais il préféra fuir loin de chez lui, à la pointe du Cotentin, balayée par les vents et le courant particulier de la Manche, appelé raz Blanchard.

Il en profita, poussé par l'amertume, titubant parfois dans sa marche, à cause du chagrin, pour visiter le port de Dielette, ce bijou d'évasion, à côté de l'hideuse centrale de Flamanville, le nez de Jobourg, épousant sa forme en contrebas sur le rocher, la maison de Prévert à Omonville la Petite, avec l'émouvante épuration des pièces et la tranquillité de son jardin. Et plus bas, sur le chemin le petit cimetière où le poète repose en toute simplicité, jouxtant l'église. Au fil des jours inoubliables, comme une fleur posée en signe d'émerveillement, le souvenir de port- Racine, le plus petit port de France, ressemblant à l'esquisse d'un dessin à l'abri d'une crique, et qui apparaissait bien fragile en face de l'océan et des éléments déchaînés.

Revenu chaque soir dans le studio qu'il avait loué à Carteret pour quinze jours, Alberto retrouvait en dînant le soir la seule compagnie des images aperçues dans la journée.

Parmi elles, les gens heureux, en vacances, où les rires intarissables se mêlaient aux minutes prolongées de bonheur.

Jamais le froid de la solitude ne l'avait atteint à ce point, tellement son coeur glacé se sentit en proie à la pire des défaillances.

Chaque matin, pendant le séjour, Alberto, après un petit déjeuner improvisé, mais toujours avec du café au lait, partait quelque soit le temps se promener vers la falaise qui dominait l'océan et Jersey dans sa masse sombre, étendue, et beaucoup moins visible. Au loin, on devinait les lignes de Guernesey et Sercq, formant une partie majoritaire des îles anglo-normandes.

Après la promenade matinale quotidienne, Alberto, prenait sa voiture pour descendre vers le port, où au bar-restaurant du même nom, il déjeunait, souvent entouré de couples qui le saluaient avec un sourire comme amical, et peut-être s'interrogeant même sur sa présence solitaire, régulière, et l'apparence triste de son visage.

Avaient-ils devinés, la raison de son vrai chagrin ?

L'après-midi, il marchait sur le chemin de ronde, le long du chenal, qui mène au port de plaisance, et s'asseyait de temps à autre. Les heures s'écoulaient trop lentement, et il évitait de croiser son regard avec celui des couples qui passaient, main dans la main, et qui parfois s'arrêtaient à sa hauteur, pour s'embrasser, indifférents à sa souffrance, tant le bonheur, dans leur persuasion, ne pouvait aux yeux des autres connaître le moindre signe de faiblesse.

Au cours de son séjour, il arrivait à Alberto de s'installer un après-midi au pub de Barneville, situé à mi-chemin de Carteret, sur le petit port reliant les deux communes, car en réalité les deux noms Barneville-Carteret fusionnaient. Attablé autour de l'affluence estivale, il consommait une bière pression tout en lisant, parfois distrait par de bruyantes élucubrations.

Ce jour-là, le hasard fit bien les choses, en entrant dans le bar, l'ayant aperçu dans son coin, le nez dans un livre, Clotilde, une ancienne collègue de travail, pharmacienne diplômée, vint l'importuner avec gentillesse, et dans leur échange agréable, elle lui fit part qu'elle résidait sur le département après l'héritage de la maison de ses parents, décédés à un an d'intervalle, après soixante ans de mariage.

Comme quoi se dit, Alberto, la séparation d'un être à un âge avancé ne peut qu'amplifier la peine, et surtout envahir de chagrin celui qui reste, et qui à ses yeux ne peut plus trouver le chemin de la consolation, tant le drame qu'il vit apparaît insurmontable face à ces années d'amour et de complicité.

Clotilde revit par la suite Alberto et lui évoqua les problèmes de son divorce, une triste affaire qui traînait en longueur au grand désarroi de ses enfants, au nombre de trois.

Heureusement, disait-elle, ses petits-enfants la consolaient de bien des tristesses et d'une souffrance morale qu'elle dissimulait le plus possible.

S'étant revus plusieurs fois dans un laps de temps court, ils échangèrent sur leurs vies respectives, leurs vies opposées. Clotilde rappelait à Alberto ses passages à la pharmacie de Carentan, où elle officiait, pour obtenir des renseignements médicaux sur ses futures visites de médecins, et en échange de service rendu, ne manquait jamais de l'inviter à déjeuner au restaurant de la gare, moment agréable enfermé dans la mémoire de Clotilde et partagé par Alberto.

A cette évocation, il souriait en l'écoutant et admettait qu'il n'était pas insensible à son charme dans cette période de désarroi.

Plus d'une fois, lui avoua-t-elle, de son côté, elle sentit le rapprochement s'opérer, sans qu'ils aient commis l'un et l'autre la tentation de l'irréparable, ou la faiblesse de succomber à un acte humain.

Alberto, se souvint, qu'en dehors d'une attirance physique à laquelle il fut confronté à cette période, un problème de transfert de personne vint s'ajouter, tant la ressemblance avec la femme aimée avait été frappante à leur première rencontre, comme si un messager les avaient réunis de façon volontaire.

Ils avaient sans doute été d'accord, qu'au-delà de l'acte

consenti, il aurait fallu l'effacer du tableau de leur vie, car il ne pouvait être mis au compte de leur existence.

Tout juste, auraient-ils pu évoquer un moment d'égarement. Toutefois, les élans humains sont souvent impulsifs.

Puis vint la séparation au terme des vacances d'Alberto, l'un contre l'autre, ils s'embrassèrent pour la première fois, au-delà d'une simple amitié, leurs enfants en souriront plus tard, pour la pudeur d'une génération marquée par les principes.

Quant à Alberto, il reçut en même temps une carte postale de Muriel qui prit de ses nouvelles, de l'étranger où elle était, et les phrases exprimées lui firent chaud au coeur.

Les sentiments venaient de s'afficher, avec davantage de perspectives quant à un avenir plausible.

La lettre de Muriel

Alberto sortit d'un long instant de somnolence, mais où les souvenirs demeurèrent vivaces, et il entendit un bruit de pas sur le palier, une clef tourner dans la serrure, et d'un geste prompt s'ouvrir la porte avec le son des paroles habituelles : « Coucou, c'est moi, tu vas bien ? » En continuant à fermer les yeux, il retrouva l'écho, l'odeur, de la maison, la vision du large au bout de la jetée du Havre, en France. Puis, il répondit sans tarder :

« Bien, et toi, ta journée ?

– Tu me laisses deux minutes, et je vais te raconter. »

Sur ces quelques mots, il parut confiant pour l'évocation que put faire Muriel, de ses découvertes et des visites qui la conquirent en définitive, sur l'idée stable de vivre ensemble, ici, une sorte de troisième vie.

Muriel s'approcha de lui, détendue, souriante, avec une joie perceptible qu'elle affichait sur son visage, mais il se méfia d'un engouement rapide, sachant son caractère âpre à masquer une inquiétude non feinte, et souvent injustifiée.

Une pluie fine tombait sur Lisbonne.

Dehors, les nuages couraient au-dessus du Tage et survolaient les vagues grisâtres.

Les reflets dorés de la mer de Paille avaient disparu, comme engloutis par la masse sombre du ciel.

Alberto, poussé par le vent sur la place du Commerce, percevait le temps comme les prémices d'une nouvelle insidieuse, un mal être enveloppait son corps, quelque chose d'indéfinissable.

Il pressait le pas pour rejoindre l'appartement de l'Alfama, Muriel devait être arrivée des quelques courses qu'elle avait effectuées dans le quartier.

En règle générale, elle préférait en accord avec Joanna,

lui laisser le ménage, et parfois un peu de repassage, dont elle s'acquittait avec rapidité et compétence.

En cours de chemin, Alberto eut subitement le pressentiment suivant : « Et, si l'histoire était capable de se répéter », se dit-il soudain.

Non, il divaguait, sans aucun doute, aucun indice marquant ne prédisposait à ce qu'il avait pensé à l'instant même !

Pourtant, à peine avait-il franchi la porte de l'immeuble, qu'il se précipita jusqu'au deuxième étage, l'inquiétude portant ses jambes comme dans une deuxième jeunesse, un autre souffle retrouvé pour gravir l'escalier, et en même temps qui cerna son visage blême, la sueur perlant sur son front, non pas par l'effort, mais par la crainte imminente.

A l'intérieur de l'appartement, à l'endroit même de son bureau, entre ses livres rangés et ses carnets entassés, il découvrit une feuille de papier bleue sur laquelle reposaient un stylo et la vision d'un texte d'une écriture fine, qui ressemblait sans qu'il puisse se tromper à l'écriture de Muriel.

La lettre écrite avec une perceptible émotion, enchaînait ses phrases en termes simples et les raisons de l'acte de Muriel.

« Alberto, c'est après une difficile et mûre réflexion que j'ai décidé de quitter Lisbonne, et par la circonstance même, de te quitter, et de te laisser j'en suis consciente, désemparé, au terme de la lecture de cette lettre d'abandon, dont je suis peu fière.

D'autant plus que cet acte personnel renie la promesse faite, de t'accompagner le plus loin possible, depuis que j'ai eu connaissance du diagnostic qui fragilisait ta santé.

Il te sera difficile de me croire, mais je suis sincère en disant que je m'en voudrais toute ma vie.

Le déracinement a été trop fort pour moi, malgré toutes

tes attentions, et ta réelle conviction dans la réussite de mon adaptation, je doutais chaque jour à ton insu.

Malgré aussi les possibilités de loisirs, les agréments, dont certains pouvaient être à mon goût.

Je respecte ton objectif, la mission que tu t'es assénée dans le souvenir de ton père, ton idée de troisième vie, ici, dans les pas de sa jeunesse.

Mon pays, la France, me manque, tu le comprendras, j'en suis sûr, et ma famille trop éloignée me laisse un vide qui m'angoisse et m'insupporte.

Ils te manqueront, sans doute aussi, et le paysage de notre belle région que tu aimais tant, et de ton lieu de naissance.

Alberto, sois vigilant sur ta personne, et tiens moi au courant, je t'en prie.

Je sais, par ailleurs que ton dossier, ici à Lisbonne, est entre des mains sûres pour t'avoir accompagné ce jour-là, où le relais des compétences a été effectué.

J'espère seulement te revoir pour me dire que ton objectif a été rempli, ton soulagement d'avoir tenu ta promesse vis à vis de l'homme disparu dans des conditions inhumaines et loin de ses racines.

Je t'embrasse, et implore ton pardon, puisses-tu me comprendre. Donne-moi de tes nouvelles pour apaiser mon inquiétude.

Signé. Muriel. »

« Non ! Je ne te comprends pas !! » cria-il, en rage, les poings serrés.

Puis, il se dirigea vers la cuisine comme un automate, et ouvrit dans un geste mécanique de survie, le frigidaire, où les courses avaient été déposées. Son repas serait rapide en attendant d'analyser la situation et de comprendre les vraies raisons du départ de Muriel.

Il eut une colère rentrée à la lecture de la lettre laissée sur son bureau, entre ses livres et une de ses pages manuscrites.

Tant d'années après, l'histoire se répétait dans des circonstances différentes, Antonio et Muriel avaient signé de leurs mains un abandon en face d'un être aimé, sans avoir le courage de les affronter, pour Antonio, et de lâcheté quant à Muriel, sous prétexte d'une sensibilité exacerbée, et de risques de non-adaptation.

Avaient-ils conscience qu'un tel acte pouvait avoir des conséquences dramatiques, chez une mère déjà éprouvée, face à un homme dont la vie avait été comme un trapéziste répétant chaque jour avant le spectacle, son numéro au-dessus du vide avec les risques encourus.

Pouvait-on leur pardonner, à l'un et à l'autre, un emportement qualifié d'irréfléchi ?

A l'heure actuelle, Muriel devait-être en partance à l'aéroport de Lisbonne, ou déjà en vol pour Paris Roissy Charles de Gaulle, avec ensuite son transfert par le train, ou la route, vers le domicile de ses enfants au Havre, qui se situait proche du Musée d'Art Moderne André Malraux et du port de la ville.

Après quelques heures passées près d'eux, Alberto imagina qu'elle avait regagné son domicile dans la cité Grand Gaillard, après qu'elle eut recouvré l'affection des siens et leurs paroles temporisées.

Un appartement de trois pièces, modeste, mais coquet, qui correspondait à son goût et à sa personnalité.

Elle aimait longer la Seine en voiture, avec en passant à proximité le souvenir de Monet à Giverny, son peintre préféré, puis plus loin le passage des Andelys avant d'arriver sur Rouen, et le coup d'oeil sur la propriété de Flaubert à Croisset, où fut créé chaque jour, avec rigueur par le « gueuloir » mot à mot l'inoubliable madame Bovary.

Elle avait tout prévue derrière son dos, mais il ne lui en tenait pas grief. Il se dit qu'il lui faudrait beaucoup de courage à elle aussi pour affronter la solitude, puisque de son propre aveu il y a des années, elle voulait rompre avec cette situation.

Les réveils matinaux et le sommeil des nuits ne seront plus partagés, comme depuis des années, qui laissèrent la part à l'imagination, et à l'improvisation. Ne plus sentir le parfum de l'autre, la sensation des corps qui se frôlent, s'étreignent, l'odeur de leur peau, et les gestes inconscients.

Ces gestes si beaux, qui parfois partent d'un rien, d'un frôlement des corps, d'un étirement commun, qui contraire à l'attente conduisent à l'amour déprogrammé, et se terminent dans un pur plaisir, comme un instant modelé de bonheur, où l'application à l'attention de l'autre atteint son summum.

Alberto pensa à l'instant à l'aventure humaine, à nos vies en boucle depuis l'enfance, qui ne cesse avec le temps qui passe de poursuivre sa trajectoire, de refermer le cercle, petit à petit, pour aboutir à la conviction de notre fin solitaire à tous.

La seule justice véritable qui nous conduise tous au bout de notre chemin identique vers l'inconnu, vers la lumière qu'aucun de nos absents n'avait pu retransmettre pour quelque part nous rassurer sur la réalité d'un autre avenir.

Alberto, avait traversé la vie, il avait vécu des choses magnifiques, imprévues, qu'un homme se devait de connaître, et la chance lui avait souri.

Il avait aimé, et avait été heureux, non pas par des amours flamboyantes, multipliées, mais grâce à un amour durable, éteint comme par un souffle brutal, une vague déferlante, décapitant tout sur son passage, et qu'on appelle l'implacable destinée. Un destin qui ne tient pas compte des émotions personnelles, ni des chagrins persistants qu'il va engendrer toute la vie qui va suivre, ni du flot des images qui ne cessera de frapper à la fenêtre du malheur passé. Et ce même être humain, à un moment donné de son autre vie, croira occulter ces images, mais dont il sentira toujours quelque part la présence presque gênante.

A ce moment-là, il se persuadera d'un combat inégal, qu'il ne pourra pas emporter, car en face de lui existe une force dominatrice, et sa force propre, à lui, consistera à admettre qu'il faille vivre avec. Enfin, à se dire résolu, que la route du bonheur se trouve à une autre intersection, à celle à laquelle on ne pense pas, dont on n'ose plus imaginer sa présence.

Et pourtant un jour, c'est cette situation qu'Alberto découvrit avec la rencontre de Muriel, onze ans plus jeune que lui, veuve, trois enfants, quatre petits-enfants, tous avec des professions différentes, entre le secteur public et celui du privé.

Une vraie famille, avec ses richesses de vie et ses problèmes, les péripéties qu'elle engendre, et leur métamorphose au moment inopportun, où la croyance dans le courage et le hasard avaient établis leur chemin, et qui n'apparaissait jamais comme un long fleuve tranquille, mais riche en enseignement de la vie.

Pourquoi fallait-il cette phrase enjôleuse, persistante, depuis des années, qui martelaient l'esprit d'Alberto, comme une mélodie qu'on avait oublié et dont le refrain était apparu sans cesse sur ses lèvres.

Une seule phrase, entendu un jour, avait suffi pour raviver un souvenir brûlant : « Vous ferez mon malheur, je le sais. »

D'Adeline, sa soeur, d'un premier mariage, Alberto, à qui il avait tout pardonné, y compris que l'adolescente qu'elle ait été à l'époque, n'avait pas désirée qu'un autre homme malgré ses sincères intentions, vienne, même avec des propos et attitudes rassurantes, s'immiscer dans le bonheur enclos avec sa mère depuis la disparition brutale de son père en pleine jeunesse, alors qu'elle n'avait que quatre ans.

En contrepartie, Alberto n'admit jamais le déchirement de ce couple, surtout lorsqu'il lui arrivait de regarder, assidu, leurs photos en bonne place dans sa bibliothèque, où leurs silhouettes respectives traduisait la beauté, et dans leur regard l'amour qui ne trompait pas.

Et, malgré, les années de différence, le vieillissement aurait pu les convier, les surprendre ensemble.

Une Autre Entrevue

Plusieurs semaines après le départ de Muriel, Alberto décida un jour de téléphoner à l'hôtel York House, Rua das Janelas Verdes, (rue aux Fenêtres Vertes) pour savoir si Jennifer Miller, l'américaine du Colorado, résidente de Denver, était encore présente à Lisbonne.

Il demanda à la réception de l'hôtel qu'on lui passe la chambre 14, désigné sur la porte par le prénom « D'Eça » correspondant au prénom du romancier portugais, Eça de Queiros.

Il attendit quelques minutes au bout du fil, puis sa patience fut récompensée lorsqu'une voix douce, à l'accent qui ne trompa pas répondit : « Allo ! C'est vous, Alberto, vous voyez je suis encore à Lisbonne, j'ai encore prolongé, j'ai du mal à quitter Lisbonne !

– Nul doute que vous pouvez vous permettre, je suppose.

– Vous avez en partie raison, mais je ne pourrai m'éterniser.

– J'imagine bien, fit Alberto.

– Votre femme, comment va-t-elle, elle aime la capitale ?

– Elle est repartie en France, c'était compliqué pour elle.

– Définitivement, fit Jennifer.

– Oui, je crains, dit Alberto.

– Je suis navrée pour vous, Alberto, on peut se voir, si vous voulez ?

– Si vous êtes disponible, vers midi, au Brasileira, Rue Garrett.

– J'y serai, Alberto, vous m'expliquerez ce revirement de situation.

– Merci, Jennifer, vous parler me fera du bien.

– Comptez sur moi, Alberto, je vous sens nostalgique, comme ce merveilleux fado, que je ne me lasse pas d'écouter.

– A tout à l'heure, je vous invite à déjeuner », glissa Alberto dans le téléphone.

Et il raccrocha, avec un peu plus de baume au cœur. Jennifer, par chance était toujours là, elle le comprendrait, le conseillerait, puisqu'elle exerçait dans un important cabinet d'avocats d'affaires associés à Denver, puisqu'elle était habituée à démêler des affaires délicates. Elle avait donc un sens aigu de la psychologie, en dehors de ses connaissances en droit.

Pour la première fois de sa vie, il allait se confier à une femme rencontrée il y a peu de temps, dont la jeunesse éclatait, dans des circonstances de pur hasard,

Alberto avait toujours cru au hasard contrairement à d'autres personnes qui ne croyaient pas à son implication dans la destinée.

L'opportunité intervenait pour évoquer ses déboires sentimentaux, ses problèmes de santé, et le pourquoi de sa persistance au Portugal.

Avait-il trouvé la bonne interlocutrice ?

Dire, à haute voix, à une autre personne, la promesse intérieure faite à son père, Antonio, de revivre en fiction ce qui avait pu dans sa jeunesse se produire, s'il avait pu vivre lui même plus longtemps pour l'aiguiller dans sa ville glorifiée, le voir étudiant avec l'uniforme traditionnel de Coimbra, comme il l'avait espéré en réentendant les paroles convaincantes du passé.

Maintenant, le choix est différent, comme il l'expliquera à Jennifer la jeune femme américaine imprévue dans sa vie, mais pas sur le chemin de sa destinée. Il se doit d'aller jusqu'au bout de sa résolution, au terme de son souffle, avec la crainte de l'angoisse et la peur subite de la solitude, voire le manque de courage devant l'obstacle démesuré à ses yeux.

Jennifer serait-elle à même d'apaiser ses inquiétudes ?

Le plus grand malheur, aurait-été l'incompréhension de ses enfants. Or, ils avaient tous compris le cheminement de sa pensée, et cautionnèrent l'idée qu'il vive loin d'eux la dernière partie de sa vie.

Ils n'avaient qu'un désir au moment de sa révélation, le rejoindre là-bas, dès qu'ils auraient pu, et ainsi faire plus ample connaissance avec les racines de leur grand-père paternel.

Quant à Muriel, depuis son départ surprise, il n'avait que des bribes d'informations sur elle, par personne interposée, il semblait qu'elle avait organisé sa nouvelle vie autour d'activités artistiques dans un cadre de bénévolat, avec l'occupation de temps à autre de ses quatre petits- enfants, et le contact régulier avec ses trois filles.

Pour, Alberto, la maison au Havre sur la promenade de la jetée, la page était tournée. L'émotion non feinte se rapprochait de ce lieu d'ouverture sur l'océan, où hier encore, les rêves des grands paquebots se dissolvaient vers le large à destination de New- York. Tant de célébrités et de silhouettes demeuraient à quai, dans le livre du passé, pour certains d'entre eux tumultueux.

A présent, il avait une pensée plus émouvante pour sa mère, dont il se souvenait l'affection particulière qu'elle lui portait, étant restée seule avec lui dans des conditions matérielles parfois très difficiles.

Il ne pouvait oublier l'attitude de compréhension qu'il avait en face d'elle, et faisait tout en son pouvoir pour l'aider, et en même temps pour prouver qu'il l'aimait autant que son père, conscient de leurs parcours semés d'obstacles.

Des aveux, qui eurent exprimé la reconnaissance pour l'amour d'une mère, et les sentiments puissants de l'enfant qu'elle eut à un âge avancé, non dénué de danger pour elle, dans la turbulence des bombardements du second conflit mondial.

Jennifer et le Tramway 12

Alberto, arriva au bas de la Rue Garrett, la pente l'obligea à un effort plus soutenu qu'auparavant, son cœur s'accéléra plus vite, et chercha davantage son rythme régulier.

Il passa devant la librairie Bertrand et jeta un regard bref mais intéressé à la vitrine, et ensuite traversa sur l'autre trottoir, pour atteindre l'emplacement du « Brasileira » et prit place sous l'énorme parasol en terrasse.

L'heure de midi approchant, la chaleur se manifesta et il ressentit une gêne inhabituelle, plus soutenue. Au serveur venu très vite, il commanda un « diabolo citron » bien frais.

Dans l'attente, son espoir se porta sur Jennifer, il avait hâte de l'apercevoir pour calmer son inquiétude, rien qu'à cette pensée il eut un rebond positif comme une sensation de baume au coeur dont il se sentit investi.

Bientôt septuagénaire, son visage rajeunit à l'idée de l'émotion ressentie pour une femme plus jeune, dont il avait depuis peu fait la connaissance, et l'imminent besoin de la sentir auprès de lui.

Jennifer Miller, l'Américaine de Denver, dont il ne savait que peu de choses, mis à part sa profession et son aisance financière, ce qui n'excluait pas son attirance pour la littérature étrangère, espagnole, avec Cervantès et l'incontournable Nobel américain (Faulkner) sans oublier Paul Auster, plus proche de nous.

En attendant Jennifer, il revit des images des Etats Unis à titre personnel, il rêva surtout de San Francisco avec son mythique Golden Gâte Bridge, le pont suspendu, un des plus longs du monde qui couvre le fleuve, et comme tenue à l'écart, l'étendue de la ville enserrée sur la mer, où dans ses artères aux dénivelés impressionnants circulent de suffocants tramways qui ressemblent à des chenilles de manèges.

Ces tramways qui affrontent les péripéties des parcours à des rythmes différents, comme un sportif recherchant dans l'effort un deuxième souffle, pour le transport de voyageurs multiraciaux.

A l'instant même, il se souvenait d'un film avec Kim Novak et William Holden, de la prise de vue superbe, et de la scène d'amour sur la terrasse de leur maison qui dominait la baie de San Francisco.

De la beauté d'un couple vedette d'Hollywood à l'époque où rayonnait un cinéma fabuleux.

Puis, d'autres images passaient devant ses yeux, celles de Boston, avec son centre ville noyé sous les tours illuminées et ses avenues bordées d'immeubles de pierre stylée avec leurs bas étages. Des avenues, bordées d'arbres dont les feuilles jaunies à l'automne prennent un éclat particulier et ressemblent à un tableau de musée, en contraste avec la modernité, où s'imprime la vision dominatrice des buildings qui semblent comme l'écraser.

Son regard s'échappa de ses rêveries et se dirigea vers la foule qui montait la rue Garrett pour aller, déjeuner, ou le temps d'une pause rapide pour d'autres, pour avaler un sandwich et boire un café.

Parmi les personnes, certains en groupes étaient volubiles, gestuels, parlant fort, d'autres seuls (es) arboraient le sérieux des hommes et des femmes d'affaires, absorbés par d'éventuels soucis rencontrés le matin même au bureau, s'acquittant d'une pause détente méritée.

Soudain, à deux mètres de lui, Alberto, aperçut la silhouette de Jennifer, qui arrivait, vêtue d'un élégant blouson de daim et d'un jean à large ceinture aux boutons d'argent incrustés, avec aux pieds d'élégantes baskets blanches.

Elle s'approcha vers lui, et se pencha pour la première fois pour l'embrasser sur la joue, à sa réelle surprise. Elle sourit en ayant perçu son étonnement et prit place sur la chaise à côté de lui.

« Bonjour Alberto, comment-vous allez ?

– Beaucoup mieux, Jennifer, en vous voyant.

– Alors, j'ai réussi mon baiser, en surprise ?

– Je ne m'y attendais pas, c'est vrai.

– Tant mieux, vous n'êtes pas seul, Alberto.

– Vous voyez, Jennifer, je ne pensais pas craquer devant la solitude.

– Rien d'anormal, Alberto, vous êtes un être humain, avec ses faiblesses.

– Je me croyais plus fort, en effet, fit, Alberto.

– Les hommes, Alberto, ne sont pas faits pour vivre longtemps seuls, à part les désespérés de la vie.

– Justement, j'avais espéré le retour de Muriel... en vain, dit Alberto.

– J'imagine bien votre grande déception.

– Encore plus, quand on sent la vie vous échapper.

– Non, Alberto, je vous interdis de dire ça, pensez au tramway 12, à notre première rencontre, allez c'est moi qui vous invite.

– Pardonnez-moi, je suis heureux que vous m'ayez rejoint, et touché. »

D'un geste spontané, il prit la main de Jennifer, et la garda dans la sienne.

Ravie et émue, elle fit un signe au serveur du « Brasileira » qui aussitôt vint vers elle, et demanda à voir la carte pour déjeuner.

Alberto, la regarda faire, séduit par sa personnalité et sa jeunesse, et pour la première fois depuis plusieurs décennies, il perçut des sentiments étranges qui pouvaient s'assimiler à un coup de foudre.

Au fond, pourquoi Muriel l'avait-elle quitté sans persévérer dans son adaptation, et l'avait-elle toujours aimé avec la force du début ?

Il pensa à l'engagement de Muriel en face de sa maladie, et de la promesse faite, avec sincérité lorsqu'elle entendit la sévérité du diagnostic.

Lâchant la main de Jennifer, qui pencha sa tête contre son épaule, à l'instant même il sut comme un homme de son âge le pressent, qu'un jour sans doute proche elle repartirait dans son pays, où l'attendait son travail et une vie ouverte sur l'avenir, avec un homme plus jeune pour bâtir les fondations d'un foyer.

Pour le moment, il laissait le bonheur le porter comme bercé par le flux de la vague, et que l'un et l'autre éprouvaient sans autres préjugés, tout en incluant le contexte éphémère de leur aventure.

Alberto eut à l'esprit, plus significatif à ce jour, le sens du mot : « Rémission ».

Le serveur arriva pour prendre la commande, prit note du choix, et remercia Jennifer, avec un mouvement de tête discret.

Dans un élan spontané, ils s'embrassèrent sous le regard de bronze figé dans la statue de Fernando Pessoa, lui qui connut une aventure sentimentale passagère, avec une seule femme, Ophélia Queiroz, où seules furent restituées un ensemble de lettres d'amour.

Alberto et Jennifer s'éloignèrent du « Brasileira » et descendirent la rue Garrett, main dans la main, pour une longue déambulation vers le Rossio et la Baixa, en s'attardant Rua da Prata, avant d'emprunter le tramway 15 en direction de Belem.

Arrivés, à la hauteur de la Rua das Janelas Verdes, ils descendirent du tramway à une station proche de l'hôtel York House, où Jennifer avait posé ses bagages depuis le début de son séjour à Lisbonne.

Alberto, se laissait guider comme un jeune homme amoureux qui oubliait son âge et sa destinée, aveuglé par le soleil couchant qui embrasait le Tage et le pont du 25 Avril.

Les heures qui suivirent furent parmi les plus belles de sa vie, tant l'étonnement et la passion eurent raison de sa maîtrise d'homme, lui qui craignait l'effondrement de son corps, la peur de l'impuissance, et de surcroît l'envol des sensations qui conduisent au désir.

Vivre la vie au jour le jour, sans se poser des questions superflues, telle était sa devise à la fenêtre de la chambre « Eça » au York House, d'où il découvrait entre les arbres du parc ombragé, les eaux du Tage et ses reflets, avec les bateaux qui remontaient poussés par le courant, en direction du quai de Sodré toutes voiles blanches au vent.

Son regard s'arrêta sur les arbres dans le jardin verdoyant, où des tables espacées, en guise d'invitations, aux déjeuners et aux dîners, et qu'éclairait sur chacune d'entre elles, intimiste, une lanterne, permettaient aux couples présents d'éprouver l'heureuse sensation d'être seuls au monde dans une atmosphère infiniment anglaise.

Ce fut à cet endroit qu'ils prirent le lendemain matin le petit déjeuner en toute quiétude, les yeux fatigués par la nuit qui les avaient conviés à l'amour, avant que leurs corps rompus par l'extase ne tombent dans le sommeil.

Jennifer s'exprima la première : « Alberto, je suis sûre, nous allons vivre une belle histoire ensemble. »

Alberto ne fit qu'un geste vers Jennifer : Il posa son index sur ses lèvres et murmura : « Chut !! Tu m'as redonné ma fierté d'homme, un autre goût à la vie, et je crois à ces instants intemporels. »

Jennifer avait reçu un appel important de ses associés du cabinet d'avocats à Denver, il fallait qu'elle reparte vers les Etats Unis, où un dossier litigieux de deux sociétés internationales, l'attendait, et où les présidents de chaque société comptaient sur ses compétences pour aboutir à un règlement à court terme de la situation grave qui touchait les deux sociétés concurrentes.

D'après les quelques confidences de Jennifer sur l'affaire, il s'agissait de clips publicitaires sur plusieurs chaînes de télévision, dont la déontologie sur les produits présentés n'était pas respectée.

Dès le lendemain de l'appel, elle prenait un vol à Lisbonne, pour Denver en passant par Paris, pour aller prendre connaissance de l'important dossier, et qui l'était pour le cabinet d'avocats dont elle était actionnaire majoritaire.

Soucieuse, elle quitta Alberto, avec la promesse de revenir dans les meilleurs délais, selon la tournure de l'affaire, car elle avait compris dans son regard perspicace la nécessité de le revoir assez vite.

Elle lui susurra, en partant, tout en le serrant contre elle, comme une femme pouvait démontrer de l'affection pour un homme, l'amour étant une autre étape des sentiments, d'après Alberto : « Soigne-toi bien, dit-elle, j'ai confiance dans le Professeur Nunes, d'après ta description de l'homme, je t'appellerai tous les jours, je te promets. »

Quel bonheur, se dit Alberto, dans ces moments-là, de sentir la présence affectueuse d'un être, d'autant plus marqué par l'importante différence d'âge entre eux, mais où la tendresse sut se faufiler à temps, balayant sur son passage les interdits.

Alberto se sentait très seul après le départ de Jennifer, malgré la présence de Joanna, l'employée de maison, qui venait toujours quelques heures par jour pour s'occuper du ménage, faire les courses, et un peu de cuisine, alors qu'il continuait à déjeuner en majorité à l'extérieur.

Il lui arrivait, parfois, pris dans ses lectures, et son passe-temps d'écriture, de rester à l'appartement avec moins de motivation pour se confronter au monde extérieur.

Une pause salutaire, rythmée par les moments de fatigue dont il ne faisait part que très rarement aux personnes qui l'entouraient.

Certaines fois, il demandait à Joanna, si elle le désirait d'emmener avec elle Sofia, sa petite fille. Le fait de voir l'enfant le rendait plus joyeux et rappelait à Alberto la vision de ses propres enfants à son âge, et l'envie qu'il avait à l'époque d'avoir une seconde fille.

La seule fille qu'il ait eue vivait aujourd'hui à Prague, mariée à une sorte d'artiste peu gratifiant à son idée. Sa connaissance de la langue allemande facilita son adaptation en République Tchèque dans une ville merveilleuse, où l'ombre de Kafka rôdait au hasard des nombreuses rues poétiques de la ville.

Alberto la visita deux fois, emballé par son charme, par la ville proclamée aux cent clochers, heureux de revoir sa fille avec qui il passa de très bons moments, l'invitant à déjeuner dans plusieurs restaurants autour de la place de la Vieille Ville, et de la cathédrale gothique Notre Dame de Tyn.

Ensuite, traversant le pont Charles en-dessous duquel coulait la Vltava, encadrée des deux côtés du pont par les statues qui retraçaient l'histoire de Prague, et sous escorte de musiciens hétéroclites, ils s'étaient dirigé vers les hauteurs de la ville jusqu'à la cathédrale Saint-Guy.

Arrivés devant cet autre chef-d'œuvre, son regard se détournait sur le panorama qui découvrait Prague sous son ciel étagé de nuages blancs, ce jour-là, une vision authentique avec une fabuleuse diversité d'architecture.

Pour revenir à Sofia, il lui arriva d'acheter à son intention des jeux et des livres pour son âge, qu'il se plut à lire en la voyant si captivée, se souvenant des lectures nombreuses qu'il faisait dans les Espaces de Jeunesse, là-bas en Normandie au Havre.

Puis, il lui arrivait de repenser à l'enfant qu'il était, dans la chambre bleue de l'appartement qui donnait sur la rue principale d'une petite ville de province.

Allongé dans le lit à bascule fabriqué par son père la tête du lit cognait contre le coin du mur sous l'effet de sa force, de ses rires, du plaisir qu'il mettait avec l'innocence de l'âge à perpétuer ce jeu qui ressemblait pour lui à un manège.

Curieuse pensée de l'homme vieillissant vers ses toutes jeunes années, où s'introduisent les premiers émerveillements de l'enfance et les éclats d'un paradis perdu qui demeurent comme une référence omniprésente.

Et plus tard, le souvenir des jours de marché, tôt le matin, de la carriole bâchée des fermiers avec sa faible lanterne comme éclairage, et les sabots des chevaux qui martelaient la chaussée d'un rythme saccadé. Parfois, au galop, ils descendaient vers la place de la Mairie où tous les marchands se retrouvaient, et disposaient sur les étals leurs produits frais aux emplacements attitrés avant l'arrivée des premiers clients.

Il arrivait à Alberto de sortir de son lit, de regarder ce spectacle derrière le rideau de la chambre, le jour à peine levé, puis de se recoucher, le bruit des sabots des chevaux ayant disparu au loin.

Jennifer avait respecté son engagement, elle lui téléphona tous les jours, à des heures variables compte tenu du décalage horaire, et de la surcharge de travail que lui imposait le dossier litigieux, avant d'annoncer son retour à Lisbonne et la hâte qu'elle avait de le revoir, pour le serrer très fort dans ses bras.

Alberto de son côté était très sensible à ses déclarations passionnées, à l'élan de générosité dans lequel elle s'impliquait, il l'aimait c'était sûr pour ces raisons, avec la beauté et la fougue de sa jeunesse, qui lui avait au moment où il ressentait un réel vide moral, redonné goût à la vie, une confiance inespérée. Mais cela n'arrivait-il pas trop tard ?

Son corps affaibli, traduisait cependant l'envie de poursuivre la passion qu'il éprouvait, et l'invitait à la fois à une réflexion de sagesse, même si le désir restait une flamme vaillante à laquelle Alberto s'accrochait en pressentant les jours comptés.

Etait-il trop pessimiste ? Il était angoissé depuis les départs successifs, d'abord de Muriel, et plus récemment de Jennifer, il s'installait au cœur de sa solitude une impression de confusion des sentiments, en rapport avec la jeunesse de Jennifer, à ce qu'ils avaient vécu d'intense ensemble.

En avait-il le droit, et pourquoi tant d'interrogations ? Sans doute, pour se soustraire à la croyance de perpétuer un amour voué à l'échec, mis à part la cause de sa santé déficiente, et forcément lié à leur importante différence d'âge.

Jennifer n'avait que quarante-six ans, sa silhouette, son visage, ne révélait à aucun moment l'âge d'une quadragénaire.

Quant à Muriel, âgée de cinquante-sept ans, il ne pouvait se résoudre à son attitude définitive face à la promesse réfutée.

Alberto quant à lui, venait d'avoir les jours derniers soixante-huit ans.

Quelque chose l'interpella comme une annonce dans le ciel de Lisbonne, où l'aveuglement des reflets du soleil vint inaugurer quelques éclats sur son balcon, comme plusieurs clins d'oeil qui pouvaient révéler l'effet d'un revirement de situation face auquel le cœur s'emplit de raison et ne peut que se soumettre à une sagesse recommandable.

Les jours qui suivirent, Alberto se rendit dans le service

du Pr. Nunes à la Clinique et Centre spécialisé des Jasmins, sur les hauteurs de Lisbonne, peu éloignée du Château St Georges.

Il avait pris cette fois un taxi, pour aller chercher les résultats des marqueurs sanguins dans le cadre d'un suivi. Ce sont ces chiffres dont dépendait votre longévité, les chances de prolongation de votre vie, ces mêmes chiffres indiqués demandaient une explication bienveillante et réconfortante de la part du spécialiste portugais qui avait accepté le dossier d'Alberto, envoyé par les soins de son confrère français.

Il avait pris connaissance lors de leur premier entretien des vraies motivations d'Alberto quant à sa venue et installation à Lisbonne.

Le rendez-vous pris, il se retrouva face à un homme de belle stature dont le charisme et la séduction ne faisaient aucun doute, un homme de rigueur, attentif et chaleureux, dont l'humanité n'avait pas faibli dans ses yeux et qui ne pouvaient s'écarter de la vérité tant ils affirmaient une réelle franchise.

Après le silence imposé au moment de la lecture des résultats, et du regard porté sur les images de la radiologie, le Pr. Nunes leva la tête vers Alberto et lui précisa : « Mr Pexeiro, bien, à présent je ne veux plus vous voir, considérez vous dans une bonne période de rémission. »

Alberto, interloqué, avoua une joie inattendue, et questionna : « Mais... sans d'autres contrôles nécessaires ? »

Il répondit dans la foulée : « Ne vous inquiétez pas, je vous joins une ordonnance pour un contrôle dans douze mois, entendu ? »

« Parfait, alors dois-je continuer de vivre comme avant ? »

Le Pr. Nunes eut un sourire, comme une lueur où passa sur son visage le reflet de l'espoir, et suggéra : « Comme avant, profitez de la vie, sans abus, jouissez de ses bienfaits. »

Puis, une main sur son épaule, le Pr. Nunes reconduisit

Alberto vers sa secrétaire, à qui il donna les références et consignes afin qu'il obtienne l'ordonnance et la date du plus lointain rendez-vous.

Ce dont, elle s'acquitta avec une extrême amabilité, alors que le Professeur lui susurrait à l'oreille : « Monsieur Pexeiro, au revoir, enivrez vous de Lisbonne, c'est une ville aux mille découvertes. »

Alberto, souriant, répondit : « Obrigado (merci) pour tout. »

Il reprit le taxi revenu à l'heure comme prévue pour le ramener à son domicile ? De l'intérieur du véhicule sur le parcours sinueux, il ne cessa de scruter avec un autre regard tous les aspects, mêmes les plus anodins de Lisbonne, et un autre bonheur vint comme la colombe arrivée sur son balcon l'autre matin, annonciateur des jours lumineux, prolongés, avant que la nuit n'apparaisse.

Le soir même, Jennifer appela Alberto depuis son cabinet de Denver, et vint aux nouvelles de ses derniers résultats et entrevue avec le Prof. Nunes. Le cœur d'Alberto battait plus fort en entendant sa voix, l'émotion présente révélait l'absence qui lui pesait, et l'aveu jaillit de sa voix : « Ne tarde pas, je suis mal sans toi », lâcha-t-il.

Sa volonté, à l'écoute de sa voix, s'anéantissait, comme l'enfant en attente du cadeau promis, inespéré à cause de son manque de sagesse, et qui vivait dans la crainte du refus.

Jennifer, au bout du fil : « Dans quelques heures, je serai près de toi, je ne veux plus te quitter. »

Après un échange émouvant au téléphone, elle raccrocha, et Alberto soulagé eut à nouveau l'assurance qu'une femme l'aimait à un tel point, qu'il ne put s'écarter de ses jeunes années de mariage, où la plénitude des jours s'écoulait comme un fleuve tranquille dans le regard figé du bonheur.

A ses oreilles résonnèrent les paroles du professeur Nunes : « Profitez des bienfaits de la vie et de l'éblouissante Lisbonne. »

Des conseils avisés sur l'insécurité de la vie, face aux hommes et aux femmes consultés au quotidien, dont il ne pouvait que conseiller de profiter de la vie.

Allongée sur Alberto, le corps chaud et langoureux de Jennifer se mouvait dans un plaisir murmuré et rythmé, à peine audible, dont le souffle retenait le moment de l'orgasme.

Au terme de la jouissance, leurs corps se détendaient l'un près de l'autre, leurs mains s'unissaient avec une pression des doigts comme pour prolonger le bonheur intime.

Alberto, toujours allongé près d'elle, se mit à réciter de mémoire un large extrait du poème de Verlaine :

« Mon rêve familier

Je fais souvent ce rêve familier, d'une femme inconnue, et que j'aime et qui m'aime, et qui n'est, chaque fois, ni tout a fait la même, ni tout à fait une autre, et m'aime et me comprends…. puis : Est-elle brune, blonde, ou rousse ? Je l'ignore. Son nom ? Je me souviens qu'il est doux et sonore.
Comme ceux des aimés que la Vie exila. »

Alberto, avait occulté la fin, volontairement.
« Paul Verlaine, était considéré comme le prince des poètes, lui dit-il.
– Magnifique, j'aimais surtout Rimbaud, fit-elle.
– Le Bateau Ivre, répliqua, Alberto.
– C'est ça et d'autres poèmes de lui, qui m'avaient plu.
– Verlaine et Rimbaud ont eu une histoire ensemble qui a défrayé la chronique à l'époque.
– Je ne savais pas, dit-elle, émerveillée.

– Il faut bien qu'à mon âge, je t'apprenne quelque chose.

– J'adore la poésie, tu sais, c'est une belle échappée du monde des affaires, pour ne pas dire de la jungle des affaires.

– Alors c'est moi ton rêve familier, désormais ?

– C'est toi, et en même temps, la femme que j'ai toujours cherchée dans ce lieu de mystère pour tous.

– Tu ne l'as jamais oubliée ? Jamais... Chaque jour de ma vie elle s'est tenue à mes côtés.

– Je n'aurai pas les mêmes prétentions, ça me suffit quant à moi, avoua, Jennifer.

– Pour moi, aussi, et je me soucie pour toi.

– Je devine ta crainte, saches que je vis un bonheur inattendu.

– Pour combien de temps, Jennifer ?

– Je suis confiante, Alberto, vivons et aimons le temps présent.

– J'aime ton optimisme, il me rassure.

Tu peux l'être, j'ai vendu mes parts en tant qu'avocate majoritaire, du cabinet de Denver.

– Mais alors, fit Alberto, surpris de cette décision.

– J'ai la possibilité de prendre du recul, et réfléchir pour m'installer à Lisbonne, m'insérer dans un cabinet, ou une société multinationale.

– Jennifer, le jour où.... dit en baissant les yeux, Alberto.

– Je ne veux pas t'entendre parler comme ça, la vie t'appartient toujours, affirma-t-elle.

Puis, changeant de sujet.

– Tu as vu des annonces intéressantes dans ta profession ?

– Oui, plusieurs, ici même, et la capitale dans ce domaine est en plein essor du fait de la recrudescence des affaires et des difficultés de transactions. »

A ces mots qui lui redonnèrent confiance, Alberto eut un sourire discret qui passa sur ses lèvres, mais dont la joie intérieure ressembla à un feu d'espoir illuminant son regard.

D'un mouvement du corps, après l'avoir cajolé de ses bras, Jennifer se releva, sauta du lit, et exposa sa nudité d'une blancheur surprenante sur son corps longiligne, d'où émergèrent de son buste deux seins en érection, encore sous l'effet du plaisir.

Alberto la regarda longuement avec l'étonnement d'un homme qui semble sorti d'un rêve inaccessible, dont la réalité paraissait comme une envolée vers un autre monde, et où les fautes terrestres semblèrent ici l'image d'une récompense.

Il accorda à Jennifer la crédibilité de ses actes, de même pour les sentiments confirmés à son égard, reflet réaliste d'une femme mûre et réfléchie quant à la façon de mener sa vie, non aveugle par un amour incendiaire, affichant sa lucidité et prête à accepter l'enjeu de l'avenir avec un homme de vingt- deux ans son aîné.

Jennifer et Alberto, avec leurs années de différence, ne purent situer leur vie antérieure sur le même parallèle, Jennifer avait eu des aventures sans lendemain avec des hommes aux allures de promesses non tenues, souvent mariés, maîtrisant l'art de la dissimulation d'une façon grotesque et puérile pour la plupart d'entre eux.

Comme elle l'exprima, elle vécut une sexualité débridée, croyant que celle-ci lui avait appris beaucoup sur les hommes.

En définitive, ils ne la rassurèrent pas dans un changement fondamental, elle eut l'éveil de leur égoïsme et de leur manque de courage en face des situations délicates.

Quant il lui arrivait d'évoquer ces périodes-là, sur son visage passait une lueur, comme de regret, liée à quelque chose qui l'avait abimée psychologiquement, et dont elle cachait l'amertume sous le masque de la pudeur.

Peut-être, l'apprendrait-il plus tard, lors de moments plus appropriés.

Puis, elle éclatait d'un rire qui semblait la libérer de son passé qu'elle qualifiait d'apprentissage des hommes, et disait à Alberto avec une infinie tendresse qu'il n'appartenait pas à cette race là, et que l'ombre sur son bonheur actuel serait de ne pas avoir un enfant de lui.

Trop d'années gâchées par des aventures sans lendemain, et l'absorption du cabinet d'affaires prenant une dimension et une charge considérables, la rançon du succès, dit-on, au détriment d'une vie privée déséquilibrée.

Puis, Jennifer, se confia à Alberto, dans les heures de douceur qu'elle pût généreusement lui accorder, dans l'atmosphère ouatée de l'appartement Rua du Belvédère baigné par les lumières de l'Alfama.

Bien entendu elle avait quitté l'hôtel York House et le quartier de Belem depuis son précédent séjour, une autre vie le temps d'une nuit s'était révélée à elle, teintée d'espoir et de crainte à la fois.

Elle acceptait les modalités de la destinée, comme un défi à ce qu'elle vivait de somptueux, et qu'elle n'avait jamais espéré au fond d'elle-même depuis longtemps, pour ne pas dire banni de son esprit.

Le couple que formaient ses parents, basé sur l'union libre, son père attaché d'ambassade à Paris, en proie à une séduction constante et une vie mondaine régulière, où l'enfant confié à une gouvernante, s'aperçoit un jour du désert affectif, du baiser qui manque sur sa joue le soir avant de s'endormir (Dans la Recherche de Proust) sauf de la part de l'étrangère sensée veiller sur vous, dont le baiser ne ressemble aucunement à celui de l'amour filial.

Alberto recueillit aussi les confidences de Jennifer sur sa vie d'adolescente à Paris, l'appartement cossu de la rue Lincoln dans le huitième arrondissement, les rares fois où ses parents l'invitèrent à partager leur soirée dans les restaurants et brasseries chics des Champs Elysées, ou d'autres endroits huppés selon leurs invitations et relations.

L'enfant né par accident, écarté du désir réel, dont la présence est souvent gênante, un fil à la patte, comme disent certains pères ayant commis la faute pour laquelle ils culpabilisent, dans l'obligation forcée d'une reconnaissance.

Au domicile de la rue Lincoln les réceptions se multipliaient certains soirs, où le souvenir de sa mère Deborah qui s'offrait en spectacle, étalant sans pudeur son alcoolisme mondain, demeura parmi les images désolantes de sa jeunesse.

Ainsi était Deborah Miller, née d'un père sénateur, et dont la mère Carol ancien mannequin, fut autant séduite par l'homme charismatique aux innombrables conquêtes, que par ses idéaux politiques.

Plus, enchanteurs, ses souvenirs d'étudiante, près du Panthéon, le bar où elle se réunissait avec d'autres étudiants, rue de la montagne Ste Geneviève, et le plaisir d'apprendre le français, ses progrès rapides pour s'exprimer et aussi l'écrire, avec les échappées au Jardin du Luxembourg, les baisers furtifs dans les bosquets où coulait l'eau de la fontaine Médicis, le corps enlacé contre celui du grand brun, prénommé Jean-Pierre, à la carrure de rugbyman, amour de jeunesse, comme les premiers gestes habiles ou malhabiles qui restent gravés à l'esprit, à l'endroit ciblé de nos émotions.

Les sorties dans Paris entre les cours, les délires autour d'un verre du côté de Montparnasse, l'argent de poche réuni à plusieurs pour s'offrir le décor belle époque et l'ambiance mythique de la Coupole, de la Rotonde ou du Dôme, hantés par le spectre des célébrités d'hier et des fêtes jusqu'à l'aube.

Les jours de l'insouciance que la mémoire a fixée, et qui comblaient un peu la vacuité des heures familiales.

Vint l'orientation définitive, le choix pour le droit des affaires, la poursuite des études à Boston (Machassusets) sur les conseils de son père, à laquelle elle souscrivit pour vivre son indépendance de jeune femme et prouver les capacités de son ambition et sa volonté de réussite.

Le diplôme obtenu à Boston, la nouvelle mutation du père pour les Etats-Unis, le retour s'effectua à Denver (Colorado) où l'idée de l'installation devint évidente ; l'apport financier de Mark Miller, le père, qui se racheta davantage de son indifférence par orgueil, et lui permit de créer son propre cabinet de droit des affaires, et qui devint très vite la cible du succès, avec la nécessité de s'entourer d'associés en s'octroyant les parts majoritaires.

Tout contre le torse d'Alberto, Jennifer laissa parler son cœur, face à ses révélations d'un monde éloigné du sien, il comprit mieux son besoin d'affection et son âpreté au bonheur, même si elle savait à ce jour l'hypothèque qu'affichait le temps avec une forme de décence.

Si elle avait pu plaider le droit au bonheur perpétuel, elle aurait mis tout son talent à la cause de l'amour à laquelle elle croyait, elle l'aurait fait, tout en sachant que le temps qui s'écoulait devait jouer en sa faveur, ce dont elle désavouait la perspective.

« Nous sommes tous inconsolables, lui dit-il, du manque d'affection dans notre jeunesse, pour des causes variables, et de la perte du bonheur. Sans doute avons- nous de cesse de le retrouver lorsqu'il est encore temps, avec la prise de conscience qui s'affiche devant nous comme une lumière dévorante. »

Son corps se protégea contre le sien, comme un oiseau blessé en plein vol, et qui chercha à nouveau la chaleur de son nid, comme si elle eut peur dans l'instant d'un abandon prématuré, de la crainte d'une cicatrice non refermée.

Quant à Alberto, sa vie fut heureuse, peut-être trop heureuse, car la fuite du bonheur est un mal qui ronge, qui vous renvoie près de l'être dont la séparation après tant d'années vous laisse un goût amer de l'existence, un rappel du jour des aveux prononcés devant les autorités officielles pour le meilleur et pour le pire.

Et, le pire, ce jour-là, prit une résonnance particulière, comme une proclamation d'injustice à laquelle nous sommes impuissants face à la sentence.

L'entourage chaleureux des enfants, et plus tard des petits enfants, participèrent à sa consolation, et Alberto vit à présent dans l'attente de les recevoir dans son nouveau choix de vie, dont fait partie désormais Jennifer. A l'attention qu'ils développèrent aux modifications de sa santé, s'ajouta le plaisir de parfaire leurs connaissances sur le Portugal en s'étourdissant des mystères de Lisbonne, des plages de sable fin autour de Cascais, d'Estoril, baignées par les vagues aux gigantesques roulis qui font la joie des surfeurs sur fond de bruit de l'océan.

Les mois suivants, Jennifer et Alberto menèrent une vie tranquille à Lisbonne dans un environnement de tendresse partagée, et apaisé par les solutions trouvées par Jennifer sur le plan professionnel, étant sur le point d'intégrer une société pharmaceutique multinationale, comme conseillère en droit des affaires et pour l'obtention des licences internationales, y compris européennes.

Alberto reçut un matin, une lettre de Muriel au nombre de pages impressionnant. Elle y contait sa nouvelle vie au Havre, sa reprise d'activité à temps partiel comme secrétaire médicale, et sa continuité du bénévolat dans une maison de retraite. Elle y exprimait ses regrets face à l'échec de leur couple, et plaidait coupable sur sa désertion face à la maladie, et surtout à la promesse formulée.

Elle lui demandait le pardon pour son acte, en souhaitant qu'il puisse trouver du réconfort auprès d'une autre femme, et soulignait « portugaise » ce qui le fit sourire en lisant la lettre et en pensant à sa rencontre et la suite imprévue avec Jennifer.

Il fut surpris de son manque de perspicacité dans ce domaine. Bien qu'il ait compris, avec une certaine ironie, qu'elle lui accordait une faible probabilité de séduire une autre femme dans un contexte défavorable à tous égards.

A moins que le destin souvent si cruel, avait décidé cette ultime récompense pour un homme confronté aux interrogations, et à la peur inavouée de beaucoup d'entre eux face à la mort.

Muriel avouait son admiration pour sa promesse infaillible vis-à-vis de son père Antonio, et espérait qu'aux détours de ses périples dans Lisbonne il retrouve la trace de ses pas, l'ombre du guide qui lui manquait dans les circonstances sombres de sa vie.

En outre, Muriel évoquait la rémission de son mal, et la sincérité pour qu'elle soit la plus longue possible. Tu le mérites tant, disait-elle, par la générosité démontrée au cours de ta vie.

En conclusion, Muriel demandait la poursuite de leur correspondance, s'il en était d'accord, car disait-elle, les souvenirs ne pouvaient comme l'épreuve des sentiments, s'éteindre tout à fait.

Et les souvenirs font partie de la saveur de la vie, qu'ils aient été magnifiques ou parfois dramatiques.

Autour d'eux et par eux, il y avait toujours une leçon à en tirer, il en était convaincu.

A la fin de la lecture Alberto ressentit beaucoup d'émotion, et consentit au pardon, il ne pouvait en vouloir à une femme de ne pas adhérer à un choix difficile, ni au refus de s'insérer dans une vie où demeurait plusieurs incertitudes.

Quant à lui, il ira jusqu'au bout de ses convictions dans le trouble des jours incertains, où l'espère-t-il, en chemin brille toujours, même infime, la petite lumière qui nous rattache tous à l'espoir.

Et les jours de plus grande solitude, malgré la présence

de Jennifer, et avec l'enthousiasme de sa jeunesse, et l'affection sincère qu'elle pouvait démontrer, il ne pourrait éluder de son esprit la promesse non tenue.

Au travers de Jennifer, Muriel ne continuait t-elle pas à faire partie intégrante de la vie d'Alberto, malgré tout ?

Pouvait-il vraiment se séparer des années vécues ensemble, de son caractère inflexible, et de son corps, même parfois distant, dont la chaleur pourtant avait réchauffé le sien !

En toute conscience, il savait qu'un jour, le plus lointain possible, il ne pourrait comme un oiseau dans l'attente de son envol, pour un temps prisonnier, retenir Jennifer, qui succombera en toute logique à la loi de la vie, et à une destinée plus prometteuse afin de bâtir un foyer, ce dont elle occultait dans ses propos, par égard à l'homme pour qui elle avait à ce jour de profonds sentiments.

Le soir tombait sur Lisbonne, le ciel se couvrait de quelques nuages parcimonieux, et dehors les bruits de l'Alfama retentissaient comme une mise en scène bien réglée, un ballet rythmé à l'approche de la nuit.

Du balcon, la tête inclinée vers la gauche, Alberto apercevait le Tage immuable avec ses éternels reflets qui coulait vers l'estuaire et l'océan ourlé de vagues au large, que décorait l'écume à chacune de ses contorsions.

A cet instant, Alberto se souvint de sa deuxième rencontre avec Jennifer, et sentit derrière lui, son parfum et son corps frôler le sien, puis le serrer avec la force d'une autre promesse qu'il ne put récuser, tant il jouissait du bonheur qui lui eut semblé il y a quelque temps inaccessible.

D'un geste simultané, ils tirèrent le rideau de la porte-fenêtre pour n'être que seuls au monde.

A l'extérieur, dans les rues et les ruelles du quartier le plus populaire de Lisbonne, le chant du fado montait, nostalgique, comme à l'accoutumée, éclairé par l'amour indéfectible de la vie et de la recherche constante du bonheur où se glisse l'indissociable mélancolie, visible sur chaque visage, marque du tempérament portugais.

Bientôt, on ne vit que leur ombre derrière le rideau, un pacte scellé formant un seul corps, comme si un mime talentueux les avait imités au moment de l'acte du baiser prolongé, et venait avec délicatesse s'éclipser.

Des mois, des années s'écoulèrent, où Alberto et Jennifer vécurent une aventure inespérée, jusqu'au jour...

Muriel, de son côté, après une correspondance par Smartphone de temps à autre avec Alberto, décida à l'improviste de revenir en week-end prolongé à Lisbonne, et peut-être de revoir par la même circonstance Alberto et Jennifer.

Elle eut connaissance de leur idylle par Alberto lui-même, qui en toute franchise révéla son attachement à Jennifer, tant que la vie le lui permettait.

Alberto ce jour-là alla seul, en taxi à une consultation à la Clinique spécialisée des Jacarandas, où un rendez-vous était programmé avec le Professeur Nunes.

« Alors, Mr Pexeiro, à vous observer, je vous sens heureux, dit le Professeur Nunes, je me trompe ?

– Non, vous avez vu juste, Professeur, fit Alberto.

– Comment vous dire... Nous sommes à un stade où il faut envisager d'autres traitements.

– Ce qui veut dire ? soupira, Alberto.

– En clair, vos résultats sont moins bons.

– Le temps est compté désormais ?

– Je ne peux pas l'affirmer, Mr Pexeiro, mais on va agir en conséquence, garder confiance.

– J'y croirai jusqu'au bout, pour mes enfants, mes petits-enfants, et une femme importante dans ma vie.

– Je vous aiderai, soyez convaincu, vivez sans restriction.

– Merci, Professeur Nunes, j'ai besoin de la vérité, fit Alberto.

– Je serai franc, soyez certain, et je vous revois dans une semaine. »

Cette après-midi là, en le quittant, le professeur Nunes, une main sur son épaule, lui fit avec un large sourire un signe de la tête comme pour lui insuffler à nouveau la force de se battre.

Revenu à l'appartement, il se posa la question de dire la vérité à Jennifer, avant qu'elle n'arrive de son bureau de la multinationale où elle était désormais salariée, avec une rémunération très confortable à la vue de son expérience et des compétences développées.

Comme chaque jour, elle quittait les luxueux bureaux de l'immeuble de verre de l'Avenue de la Liberdade (Liberté) vers dix-sept heures trente, dix -huit heures.

Cela la changeait du rythme effréné des Etats-Unis.

Son emploi du temps, elle le fixait elle-même, en fonction des dossiers à traiter, et de l'urgence de certains, d'où une très grande flexibilité dans son travail.

En général, il ne lui fallait pas plus d'une demi-heure pour regagner l'appartement, sauf l'imprévu du retard des tramways sur la ligne, ce qui revenait assez fréquemment aux heures de pointe.

Même si elle aimait ce type de transport qui lui permettait de mieux découvrir la ville au ralenti, lié au souvenir de leur première rencontre, il lui arrivait, pressée de rejoindre Alberto, d'héler un taxi qui la déposait au pied de l'immeuble en un temps record.

Cet après-midi là, après sa visite à la clinique des Jacarandas, Alberto décida de ne rien dire à Jennifer, il eut été prématuré de l'inquiéter, et il voulut comme un naufragé s'accrocher à la bouée de l'espoir. Mettre la tête au-dessus de l'eau et croire aux paroles du Pr. Nunes, en ayant la volonté de défier une nouvelle fois, le « crabe » le rongeur décidé à contre-attaquer.

En rejoignant son domicile, il eut l'idée d'une surprise à l'intention de Jennifer pour le lendemain matin.

Rien de révolutionnaire dans l'intention, mais il sut avec instinct que cela lui plairait venant de son initiative, privilégiant la touche de simplicité.

Plusieurs bateaux remontaient le Tage, leur voile blanche claquant au vent, avant de passer sous le pont du 25 Avril, Alberto et Jennifer les suivaient du regard, assis à la terrasse du bar des Découvertes, où ils avaient pris leur petit déjeuner complet, café, tartines de beurre, confitures, croissants et jus d'orange.

Ce matin-là, la décision prise la veille par Alberto ravit Jennifer qui accepta avec un engouement spontané.

Ils étaient descendus cette fois, à pied, de la Rue du Belvédère vers le Tage, où la brume s'élevait peu à peu au-dessus du fleuve comme encore enveloppé par les rêves de la nuit.

Un peu plus tard, côte à côte, ils profitèrent des premiers rayons du soleil qui dardaient les vagues dans toute la largeur du fleuve, où les reflets dorés se multipliaient sous l'impulsion du courant qui les entraînait à vive allure vers l'estuaire.

Jennifer, le visage à moitié caché par de larges lunettes aux verres teintés, se détourna vers Alberto, et sans qu'il le perçut sur le moment, lui prit la main, la serra, entrecroisant ses doigts avec les siens, comme dans un désir de se fondre en lui, et d'exprimer l'intensité du bonheur qu'elle eut désiré.

Et puis, soudain, sans appel, elle eut comme un frisson qui longea son dos, semblable à une peur subite dont la justification à cet instant ne fut pas fondée.

Etait-ce, la prémonition de perdre un bonheur acquis avec fulgurance au cours des hasards de la vie ?

De perdre un homme auquel elle était attachée, malgré la connaissance de son âge avancé, de la présence du mal, et surtout du refus en face de l'irrémédiable.

Les yeux fermés, l'air frais du Tage effleura son visage comme une douce caresse, et Jennifer revit les images du film de sa vie, bouleversée en quelques mois par l'apparition d'un choc sentimental dont elle ne mesura pas les effets sur le moment.

Sans qu'elle ait subi la contrainte d'une décision impulsive, elle prit à cette époque-là son destin en main, malgré les critiques de son père, surtout, qui s'était toujours considéré comme étant à la base de sa réussite, et revendiquait plus de reconnaissance de sa part.

Quant à ses associés d'affaires, les jugements de valeur ne manquèrent pas, et elle eut conscience comme un boxeur prenant des coups inutiles, de tout quitter, son pays, sa situation enviée, de fuir son passé, ses amis, ses aventures amoureuses avortées, peut-être de tout perdre dans la part inconnue de sa nouvelle vie.

Pendant un bon moment, les scènes défilèrent sur l'écran invisible pour les autres, en noir et blanc, ou en couleurs, selon le thème décrit... Soudain la voix d'Alberto surgit telle une pause souhaitable et lui indiqua l'instant de l'entracte.

Elle émergea, comme dans le sursaut d'un rêve abrégé, qui ressemblait comme deux gouttes d'eau à la vie produite, à son vécu et à l'insertion d'une vie renouvelée sous l'effet de sentiments, qui l'avait conduite à l'attachement d'un être comme victime consentante, dénuée de résistance devant le souffle de la passion.

« Tu me parlais, Alberto, fit Jennifer.

– Tu t'étais assoupie sans doute ?

– Un peu, en effet, je suis tellement bien à cet endroit !

– On pourra y revenir de temps à autre, si tu veux.
– J'aimerais, Alberto, en surprise, comme ce matin.
– C'est noté, dit-il.
– Si tu veux, mon chéri ! »
Elle se pencha vers lui et l'embrassa avec chaleur, sous l'œil discret du serveur qui apporta l'addition au même instant.

Du haut de la colline, proche du château Saint-Georges, la beauté de Lisbonne resplendissait sous son ciel immaculé, avec les couleurs disséminées qu'offraient ses immeubles concentrés.

On aurait dit que la ville avait déployé sa plus belle robe de mariée avec ses atouts d'apparat.

Avant d'accéder au bâtiment principal qui constituait la Clinique des Jacarandas, l'entrée formait une large voûte où de chaque côté et au-dessus de vous, tout au long de l'allée les fleurs bleutées de jacarandas couvrait votre passage et ensoleillait votre pré- visite.

Ainsi, vous ressentiez une impression de légèreté avant d'être confronté à une sommation plus lourde, et à la passivité des quelques heures, face à la désignation des actes et au réalisme des faits.

Alberto, à chacune de ses venues, parfois incognito, pour son suivi auprès du Professeur Nunes, ressentait la même chose, un mélange mal assorti qui passait de l'embellie au stade de la laideur, du dégoût de soi au sursaut de paraître encore, de la soumission à la réaction de demeurer.

Par la suite, à sa demande personnelle Jennifer rencontra le Professeur Nunes, sensible à la beauté des femmes, il la reçut avec une extrême courtoisie et déférence. Ce jour-là il s'exprima en toute franchise, et ses paroles humaines demeurèrent gravées dans l'esprit de Jennifer.

« Madame Miller, en tant que compagne de Mr Pexeiro,

sur sa précision personnelle, je tiens à vous dire que ses résultats sont très encourageants.

– Je ne vous dirais pas qu'il est totalement guéri, mais je peux avec certitude à la vue des derniers examens, vous promettre une longue rémission du mal.

– Par contre, il le sait, nous poursuivons actuellement le protocole en place qui est bientôt terminé, d'ailleurs.

– Soyez assurée, je ne le perds pas de vue pour autant.

– Je n'ai qu'une dernière chose à vous dire, madame : continuez à être heureux tous les deux, et à vous en particulier, enivrez vous de notre beau pays, de Lisbonne, que vous avez choisi, ils vous en seront toujours reconnaissants.

– Merci, Professeur, je suis très touchée, par votre accueil, et vos paroles… Comment dîtes-vous ?

– Réconfortantes, souffla-t-il.

– C'est cela », fit-elle avec son charmant accent du Colorado.

Une fois dehors, Jennifer éprouva un sentiment différent du haut de la colline et la proximité des remparts du château, par rapport à certaines fois, où à sa demande elle accompagnait Alberto, et cette fois demeura longuement à admirer le panorama sur la ville, comme si…

Elle ne put ce jour-là, les yeux embués de larmes, mais des larmes de joie cette fois, contenir son émotion qui était devenue trop forte.

Tout en se dirigeant vers la sortie, encadrée par les fleurs de jacarandas dans l'allée, elle lâcha à haute voix les mots, presque en criant : « Non, ce n'est pas fini, je le savais, mon amour ! »

Elle fit un signe au taxi, qui se précipita pour lui ouvrir la portière avec la courtoisie d'un homme de métier.

Puis, reprenant le chemin inverse pour rejoindre l'appartement de la Rua du Belvédère, le taxi ralentissant à cause de la circulation intense vers l'Alfama et le croisement des tramways, elle fit son signe de croix au passage devant « La Sé » fixant la porte d'entrée de la cathédrale avec insistance, comme pour remercier Saint-Antoine, persuadée de sa protection envers Alberto.

A cet instant, elle pensa à l'histoire de son père, Antonio, et à la promesse d'Alberto.

Seule, Muriel n'avait pu endiguer le flot de volonté qui submergeait Alberto, quant à sa promesse et sa détermination à la réaliser.

Il eut d'autres nouvelles, parcimonieuses, de Muriel, qui lui annonçait son bonheur d'être à nouveau grand-mère, avec son autre fille, car un autre petit-fils verrait le jour dans quelques semaines, et désormais sa vie s'établissait au Havre où elle avait retrouvé sa véritable harmonie.

Alberto, répondit à son courrier, avec ses compliments pour la future naissance de son petit-fils, et lui souhaita de poursuivre son chemin dans la plus grande sérénité entourée de sa famille.

D'autres scènes du passé défilaient dans l'esprit d'Alberto.

Avec Muriel, l'escapade d'une journée à Trouville-les Bains, avec un déjeuner « Aux Vapeurs », une table dressée près de la vitre donnant la vue sur l'entrée principale du casino, leur discrétion parmi les personnalités parisiennes du spectacle présentes ce jour-là.

Ils évitèrent de « jouer » les chasseurs d'autographes, respectant leurs instants de tranquillité.

Ensuite, ils effectuèrent une promenade aérée sur les planches, face à la plage et la mer couleur cendre, avec une longue discussion jusqu'au Roches Noires où de loin se profilaient les ombres de Marcel Proust et de Marguerite Duras derrière les volets clos.

Le retour, toujours sur les planches incontournables

de la promenade, en direction du môle et du casino, passant devant l'hôtel Flaubert, la tentation d'y prendre une chambre les défia comme poussé l'un et l'autre par la montée du désir, et le jeu de l'imprévu.

Désir non consommé, guidé par une surprenante retenue, comme deux adolescents pudiques avant le premier baiser, bloqués par leur timidité réciproque.

Ne fût-ce pas déjà, les signes, les prémices d'une amarre rompue entre eux, comme ces vieux cargos à la coque fragilisée, ballotés par les mers, vis-à-vis desquels on s'étonnât à l'annonce de leur naufrage.

Et ce jour-là, comme toile de fond, la tristesse de la ville du Havre, avec ses nuages bas, et les échappées blanchâtres des cheminées du port, avec la laideur des réserves pétrolières qui culminent dans ses bassins industriels.

Avant son départ mûrement réfléchi pour Lisbonne, Alberto revit ses fils et sa fille, arrivée de Prague en vacances, seule, chez son jeune frère installé à Bordeaux à deux pas du jardin public, supporter des Girondins en foot, et passionné de planche à voile qu'il pratique à Bordeaux-lac et surtout à Lacanau avec son amie Christèle dès qu'ils le peuvent.

Tous, pratiquement installés dans la région appelée désormais Nouvelle Aquitaine qui englobe le Poitou-Charentes, sauf un fils sur Paris dont le logement agréable découvre à quelques enjambées les bords de Seine, et où chaque dimanche matin il effectue son jogging.

On aurait pu imaginer, qu'ils s'étaient tous fait le mot pour ne pas trop se disperser.

Peut-être, en souvenir d'une enfance choyée et heureuse ensemble.

Alberto était fier d'eux, de leur réussite individuelle, chacun avait trouvé sa voie pas toujours avec facilité, et leur entente confortait le père qu'il était, dans l'esprit de l'éducation reçue.

L'aîné des garçons, domicilié à la Rochelle, intervenait régulièrement sur Poitiers et Limoges dans le cadre de sa profession auprès d'entreprises et situations libérales, et un autre dans un métier très physique à des périodes précises allait en déplacement sur toute une région, tous appréciés pour leurs différentes compétences.

Michèle, l'aînée, retrouvait des affinités de caractère avec Paul, le plus jeune, et s'échappa de Bordeaux pour passer quelques jours à Arcachon et profiter de la plage et des bains de mer qui lui manquaient tant.

C'était son seul regret depuis qu'elle résidait en République Tchèque, au cœur de Prague, la seule consolation, se nommait les bords de la Vltava, où elle se rendait pour lire.

Ils avaient rempli la vie d'Alberto, beaucoup plus qu'il ne l'eût supposé lui-même, comme jeune papa qu'il était à l'époque, inexpérimenté et ravi à la fois.

Persuadé qu'eux-mêmes, n'en avaient pas vraiment la parfaite conscience.

Au même titre, aujourd'hui, lorsqu'Alberto évoque ses petits-enfants avec lesquels il entretient malgré l'éloignement géographique, des rapports affectueux, et ne manquant jamais un anniversaire.

Il avait hâte de repartir à l'époque, car le climat social observé en France, la violence engendrée avec la montée des extrêmes en politique, du racisme, ne pouvaient que l'inciter à retrouver l'endroit élu dans la sérénité indispensable à son âge.

A son tour, il vécut dans l'attente de leur faire visiter Lisbonne, et de leur décrire ses préférences et tout ce qu'il avait appris des secrets de la capitale.

Jennifer, de son côté, se ferait un plaisir de les accompagner, s'ils le désiraient, elle qui n'avait jamais eu la joie d'être entourée d'enfants, et là de surcroit des grands. Une ombre à sa vie, qu'elle confia un jour à Alberto, un avortement volontaire décidé plus jeune à cause d'un homme qu'elle détestait, un viol resté secret, puisqu'il mettait en cause un ami politique de son père.

En prenant de l'âge avant la rencontre avec Alberto, elle émit quelque regret quant à son attitude dans le passé.

C'était, peut-être une consolation à sa désillusion, à sa solitude d'avant.

D'où les heures interminables, au bout de la nuit, passées au cabinet d'affaires, à consulter des dossiers délicats et parfois insolubles, sous la menace de pressions politiques.

D'où aussi, une longue méfiance des hommes, au profil trop parfait, à l'aura intouchable.

Il y avait toujours comme une recherche de compensation, d'autant plus douloureuse à cause d'un manque flagrant apparu dans la vie.

L'homme qui devenait pour Jennifer inséparable de sa vie, rencontré au hasard d'une journée découverte de l'Alfama, bringuebalé sur un siège du tramway 12, opposé au sien, où il avait suffi d'un regard croisé sur la couverture d'un livre que tenait Alberto ce jour-là, pour qu'ils entamèrent une conversation sur l'auteur.

Brève, mais significative d'un hasard fortuit.

L'homme pour qui, par la suite, elle avait tout abandonné, avec la persuasion qu'elle ne se trompait pas, même si elle avait toujours conscience du temps restreint, des années, avec lui. Des années éclairs, fugitives, comparable à la propagation d'un orage annoncé au loin, et arrivé en quelques minutes à l'endroit où vous êtes ; par contre que de bonheur à intercepter en cours, à absorber, à saisir au vol, à vivre encore.

Quand Jennifer rentra à l'appartement, Joanna, l'aide de ménage était sur le point de quitter son travail terminé, elle rassemblait ses vêtements en attendant que Sofia ait terminé de jouer avec Alberto, dont la joie se lisait sur son visage.

Il adorait cette petite, et en même temps cela le replongeait à l'époque où jeune papa il aimait dans ses temps de libre jouer avec sa fille et surtout partager avec elle les promenades au bord de mer, à deux pas de leur domicile.

Ils grimpaient ensemble, souvent freinés par le vent puissant aux abords des remparts, et éclataient de rire au même instant les yeux complices face à l'évènement.

Ensuite tout au long de la promenade qui découvrait l'océan et ceinturait la ville, il lui apprenait à bien respirer pour sentir les embruns de la mer, et les yeux dans les yeux, ils continuaient leur parcours, jusqu'au moment où vaincue par la fatigue, il prenait sa fille dans les bras qui s'endormait la tête sur son épaule.

Avait-il à ce moment précis, un bon pressentiment, à l'apparition, non surpris, de Jennifer ?

Elle pénétra, un large sourire sur son visage détendu, et remercia Joanna pour son travail, elle embrassa Sofia avec beaucoup de tendresse, avant qu'Alberto l'interpelle : « Tu es plus tard que d'habitude, vous aviez un pot de service, un anniversaire à fêter ?

– Pas du tout, fit Jennifer, tu es loin de la vérité.

– Alors, c'est Alvaro qui t'a retenue, convaincu de son constant pouvoir de séducteur ? »

A ces mots, Jennifer, éclata de rire : « Mon Alberto, mais tu es jaloux, dis donc !

– Je sais qu'il te drague de temps à autre, tu me l'as avoué.

– Eh bien non, mon chéri, tu te trompes sur toute la ligne, j'avais rendez-vous avec le Professeur Nunes à ton sujet.

– Et alors, c'est inquiétant ? Comment se fait-il, il ne m'a rien dit à moi, il me croise deux fois par semaine.

– Rassure, toi, tout va bien, et tu as presque terminé ton protocole.

– Je le savais, à moins qu'il ne m'ait caché quelque chose.
– J'ai compris, tu avais envie de voir le bel homme ! »
Elle souriait.
« C'est vrai qu'il a une prestance charmeuse.
– Pourquoi l'avoir rencontré, si ce n'est que pour entendre ce que je savais ? »

Jennifer, amusée sur l'instant, s'approcha d'Alberto, mis ses bras autour de son cou, et dit : « Pour retenir de sa bouche, les paroles que j'espérais entendre, synonymes du bon espoir de sauver l'homme que j'aime. »

Alberto se tût à l'énoncé de cet aveu, et dissipa toute pensée jalouse.

Ils s'étreignirent comme deux amants au sommet de leur vécu passionnel.

Et, derrière cette étreinte, n'existait-il pas, le souvenir de Muriel, de leur vie commune, une flamme trop vite consumée, éphémère comme notre passage ici-bas, où la logique d'âge aurait-été plus équilibrée entre eux ?

Aussi, à la preuve d'amour et la bienveillance de Jennifer, ne doit-il pas une énorme gratitude ?

Deux heures plus tard, prenant un verre en terrasse au café Nicola, Jennifer annonçait à Alberto son intention d'acheter un appartement à Cascais, la station balnéaire où il rêvait de posséder un bien, à quelque trente minutes de Lisbonne.

Quant à Alberto, il entendait pour une raison sentimentale garder l'appartement de l'Alfama, et continuer à payer le loyer dans le cadre de la location souscrite.

C'était là, qu'il aimait méditer, lire et écrire, quand le besoin s'en faisait sentir, avec la vue imprenable du balcon sur les rives du Tage, et à la nuit tombée entendre les premiers échos nostalgiques du Fado.

Jennifer, comprit ce choix et ne s'y opposa pas.

Ainsi, ils pourraient, lors des week-ends à Cascais, s'immerger dans les joies de la plage, des bains de mer, et des couchers du soleil, pourpre, presque incandescent, qui irradie certains soirs les villas et les immeubles construits dans l'esprit de résidences secondaires.

Ensemble, ils s'étourdiraient par des marches salutaires sur le chemin de ronde qui borde l'océan sous le regard croisé des gens envieux.

Puis tous les deux dégusteraient un plateau de fruits de mer avec un bon vin blanc pétillant du pays, dans un des établissements accueillants qui ne manquaient pas, même à l'écart du chemin de ronde dans un cadre agréable et privilégié.

De la terrasse du café Nicola, Alberto repéra un homme, debout, de face, sur la place du Rossio où le monde s'entrecroisait. L'homme fixait son regard dans leur direction comme s'il observait Alberto en particulier.

Il était habillé avec élégance et était vêtu d'un costume gris foncé, avec chemise cravate, et portait un chapeau à la Humphrey Bogart, une cigarette pendant au bord de ses lèvres.

Une fine moustache cernait son visage au-dessus, lui semblait-il, de lèvres très fines, et sa peau mate renforçait son aspect de maturité.

L'homme devait avoir à première vue dans les quarante ans et avait belle allure.

Alberto revit, en quelques instants, l'image d'Antonio, son père, à cet âge, d'après les photos qui ne l'avaient jamais quitté.

Jennifer avait conscience que l'esprit d'Alberto s'échappait dans ses rêveries et aspirations quotidiennes.

Elle le laissa quelques minutes, avant d'envisager d'interrompre son silence, elle même s'étant enveloppée dans un songe, comme indifférente aux bruits passagers du quartier du Rossio.

Le bonheur vous emporte souvent dans quelque chose d'indéfinissable, d'impalpable, où le corps et tout l'être se sentent dans une pure plénitude.

Quant à Alberto, la tête en arrière sur son fauteuil, les yeux fermés, il démarra sa ballade avec le guide qu'il attendait depuis plusieurs décennies, et qu'il ne lâchait plus à présent.

La ressemblance frappante avec Antonio suscita en lui d'autres images inévitables.

Des images bouleversantes, de jeunesse, des questions répétitives dont les réponses demeuraient vaines.

Et, tout au long de sa vie, il avait eu le sentiment comme d'une éclaircie dans son ciel personnel, en retournant, et manipulant ces mêmes questions sans jamais aboutir à l'évidence d'une réponse plausible.

Il sentit soudain le regard de Jennifer fondre sur lui, et croisa son sourire indulgent, tout l'amour qui rayonna de sa personne, et il eut envie, car il ne l'eut jamais autant éprouvé de perpétuer ce moment, de l'inscrire dans le livre de sa vie, jusqu'au jour où...

Sur la place du Rossio, éclairée par la lumière jaillissante de l'endroit aux dalles représentées en forme de vagues, l'homme présent tout à l'heure l'avait quitté sur la pointe des pieds, profitant de l'inattention et de la conversation du couple.

Peut-être, décida t-il de s'éclipser, rassuré par la vision du bonheur « d'un fils » à ce jour vieillissant, souffrant comme d'autres à son âge de la fuite du temps, consolé de le voir ainsi, et considérant ces instants d'espoir, trop fuyants, comme une réparation au temps qui lui avait manqué pour affirmer son profond amour.

L'homme balloté par le destin qui ne l'avait pas épargné, après avoir rompu avec son milieu aisé, scellé à la solitude en dehors de la rencontre hebdomadaire, avec quelques copains étrangers. Avec eux, dans une petite ville de province, au bar du Central, il jouait aux cartes, à la belote, et parfois aux tarots, des instants amicaux, partagés, pour oublier le mal du pays ; quant à Antonio il s'agissait plutôt d'une soumission, à son tour, au regard de haine d'une famille exclusive.

Jusqu'à la fin de la guerre, il trouva en France des emplois précaires, entre les bombardements, avant l'armistice, et plus tard encore, la paix retrouvée. Très ouvert de caractère, sa vivacité d'esprit facilita les contacts humains, mais il demeura l'étranger, mis à part la chaleur de quelques sincères amis français.

Enfin, de cet endroit inconnu et mystérieux pour nous tous, il avait droit à cet instant, à une étincelle terrestre, à une lueur de bonheur d'une vie interrompue trop jeune.

En ce qui concerne Alberto, il avait rempli sa mission et traversé la vie au-delà de ses espérances.

L'amour d'une femme lui avait tenu la main, parfois les yeux embués qui formaient un barrage à ses larmes.

Jennifer fit des incursions aux Etats-Unis, à Denver, où elle revit ses parents, dont son père très souffrant, qui ne lui pardonna jamais d'avoir quitté son pays, sa situation établie, dont il considéra avec le même orgueil qu'autrefois, que la réussite de Jennifer lui revînt de plein droit.

Désormais, pour Jennifer, sa vie était au Portugal, proche de celui qu'elle avait aimé avec une intention sans retenue, voire même incomprise pour d'autres personnes.

Les années se succédèrent, dans la sérénité et le souvenir présent.

Alvaro, son collègue et ami, de la multinationale, fut patient, et la courtisa avec élégance ; par son charme et sa douceur elle-même se sentit attirée, et ne put longtemps dissimuler l'envie qu'elle éprouva, de poursuivre un autre chemin avec lui.

Car, au-delà, de nos souffrances, la vie continue, et les souvenirs demeurent enclavés, à jamais, dans le secret de notre coffret intime.

Au-dessus des toits orangés de Lisbonne, le son du Fado perpétue sa complainte nostalgique enveloppé par le linceul de la nuit, et la voix vibrante de la jeune chanteuse à la robe noire, au regard expressif et aux cheveux de jais, qui chaloupe son corps avec des mouvements sensuels, immortalise son inimitable talent.
En bas des sept collines de Lisbonne et du château Saint-Georges, le Tage, « la Mer de Paille » le fleuve célébré, n'en finit pas de protéger le sommeil de ses reflets dorés.
Comme une invitation à la vie, à l'amour, à la Capitale en fête qui se dresse toute proche, et qui, heureuse au bout de la nuit, finit par s'assoupir à ses côtés.
Comme un ultime message d'espoir, adressé aux êtres humains présents, projetés dans un monde de souffrances et de joies entremêlées, au bonheur inconstant, et orchestré par le destin qui trace leur sillon.

Lisbonne 2018.
Rennes 2018-19.

Table des matières

Prologue   7

Esposende   8

La Ville aux Sept Collines   15

Tentative dans l'imaginaire   21

Pérégrinations dans la Ville Blanche   26

La Traversée de la Vie   37

Interlude   44

Un Balcon sur le Tage   51

La Solitude d'un Homme   83

La lettre de Muriel   87

Une Autre Entrevue   94

Jennifer et le Tramway 12   97